アルクの日本語テキスト ●ALC Press Japanese Textbook Series

予想と対策

日本語能力試験 3・4級受験問題集

Preparation & Strategy
Practice Questions for the Japanese Language Proficiency Test Level 3・4

松本　隆・市川　綾子・衣川　隆生
石崎　晶子・瀬戸口　彩

本書並有錄音帶發售

日本アルク授權

鴻儒堂出版社發行

使 用 說 明

　　本書乃針對準備參加「日本語能力測驗 3 · 4 級」者而作，其內容是以日本語階梯雜誌自 1988 年 5 月號至 1992 年 2 月為止的「日本語能力測驗投考準備講座」為基礎再予以增補而成。

　　在書的一開始部分是 4 級的練習題，欲報考 3 級者不妨將之視為測驗實力之用而嘗試做做看，也可當做是一種有效的複習。

　　題目皆是斟酌過真正的考題而製做，內容分為 " 文字 · 語彙 " 、 " 聽力 " 及 " 閱讀 · 文法 " 三個單元，在第 3 級的問題集中，依據各自的問題形式及其內容的不同，均有不同的單元可供練習，練習時要先看清開頭部分的說明，無論從哪一個單元開始練習皆無妨，也可只練習自己最弱最不拿手的部分。

　　答題時不僅要答得正確還要答得快，多做練習，能幫助早日熟悉題型而迅速答題。還有，要注意的是對於答錯的題目不可就此作罷，而應找出錯誤癥結所在，同樣的錯誤不要再犯第二次。最後一部分是 3 級的模擬考題，請在規定的時間內做答完畢。

　　此外，自 1990 年度開始，日本語能力測驗的考題已完全公開，市面上也有出售，不妨先一睹為快。

　　最後祝您金榜題名

　　　　　　　　　　　　　　　　　　編輯群謹識

目　次

4級
練習問題

文字・語彙

もんだい I　つぎの　ぶんの　＿＿＿の　かんじ(かんじと　かな)は　どう　よみます

　　　　か。1・2・3・4から　いちばん　いい　ものを　ひとつ　えらびなさい。

とい1　右と　左を　よく　見て、道を　わたりましょう。
　　　　(1)　　(2)　　　　(3)　　(4)

(1)　右　　　1．みぎ　　　　2．ひだり　　　3．まえ　　　　4．うしろ

(2)　左　　　1．みぎ　　　　2．ひだり　　　3．まえ　　　　4．うしろ

(3)　見て　　1．きて　　　　2．いて　　　　3．みて　　　　4．して

(4)　道　　　1．どうろ　　　2．どう　　　　3．みっち　　　4．みち

とい2　この　木は　三百年も　前から　ここに　ある　そうです。
　　　　　　(1)　　(2)　　　(3)

(1)　木　　　　　1．き　　　　　2．ほん　　　　3．もく　　　　4．みず

(2)　三百年　　1．さんびゃくとし 2．さんひゃくとし 3．さんびゃくねん 4．さんひゃくねん

(3)　前　　　　　1．むかし　　　2．まえ　　　　3．とおく　　　4．ぜん

とい3　うちから　大学へは　電車で　行きます。　いつも八時九分の　電車です。
　　　　　　　　(1)　　　(2)　　(3)　　　　　　　(4)

(1)　大学　　　1．だいがく　　2．たいがく　　3．だいかく　　4．たいかく

(2)　電車　　　1．でえしゃ　　2．でんしゃ　　3．でんちゃ　　4．でえしゃ

(3)　行きます 1．かきます　　2．しきます　　3．おきます　　4．いきます

(4)　八時九分 1．はちじきゅふん 2．はちじくうふん 3．はちじきゅうぷん 4．はちじきゅうふん

とい4　男の　人は　手を　高く　上げて　います。
　　　　(1)　　　　(2)　　(3)　　(4)

(1)　男の　人 1．おとこのじん 2．おとこのひと 3．おんなのじん 4．おんなのひと

(2)　手　　　1．て　　　　　2．め　　　　　3．け　　　　　4．は

(3)　高く　　1．とおく　　　2．ちかく　　　3．たかく　　　4．ひくく

(4)　上げて　1．さげて　　　2．こうげて　　3．じょうげて　4．あげて

もんだい II　つぎの　ぶんの　＿＿＿の　かんじ（かんじと　かな）は　どう　よみま

　　　　すか。1・2・3・4から　いちばん　いい　ものを　ひとつ　えらびなさい。

とい1　毎朝　七時半に　おきて、ごはんを　食べてから、会社まで　歩いて　いきま
　　　　(1)　(2)　　　　　　　　　　　　(3)　　　(4)　　　(5)

　　　す。

(1)　毎朝　　　1．まいにち　　2．まいあさ　　3．まいばん　　4．まいちょう

(2) 七時半　　1．ろくじはん　　2．ろくじごろ　　3．しちじはん　　4．しちじごろ

(3) 食べて　　1．のべて　　2．しょくべて　　3．くべて　　4．たべて

(4) 会社　　1．かいぎ　　2．あいしゃ　　3．かいしゃ　　4．しゃかい

(5) 歩いて　　1．ぬいて　　2．ふいて　　3．ほいて　　4．あるいて

とい2　父も　母も　元気です。
　　　　(1)　(2)　(3)

(1) 父　　1．ちち　　2．はは　　3．あに　　4．あね

(2) 母　　1．ちち　　2．はは　　3．あに　　4．あね

(3) 元気　　1．てんき　　2．げんき　　3．がんき　　4．げえき

とい3　冬は　夏より　夜が　長いです。
　　　　(1)　(2)　(3)　(4)

(1) 冬　　1．はる　　2．とう　　3．しゅん　　4．ふゆ

(2) 夏　　1．あき　　2．か　　3．しゅう　　4．なつ

(3) 夜　　1．よる　　2．ひる　　3．あさ　　4．ばん

(4) 長い　　1．ちょうい　　2．みじかい　　3．ながい　　4．ひくい

とい4　きょうは　十月　八日、水曜日です。いい　天気です。
　　　　　　(1)　(2)　(3)　　　(4)

(1) 十月　　1．じゅがつ　　2．じゅっがつ　　3．じっがつ　　4．じゅうがつ

(2) 八日　　1．よっか　　2．はっか　　3．ようか　　4．やっか

(3) 水曜日　　1．すいようび　　2．もくようび　　3．どようび　　4．かようび

(4) 天気　　1．こんき　　2．てんき　　3．ほんき　　4．げんき

もんだいⅢ　つぎの　ぶんの　＿＿＿＿の　ことばは　かんじや　かなで　どう　かきますか。1・2・3・4から　いちばん　いい　ものを　ひとつ　えらびなさい。

とい1　この　まちには　ちいさな　かわが　たくさん　あります。　かわの　みずは
　　　　　(1)　　(2)　　(3)　　　　　　　　　　　　　　　　(4)
とても　きれいです。

(1) まち　　1．田　　2．由　　3．町　　4．申

(2) ちいさな　1．火さな　　2．父さな　　3．小さな　　4．少さな

(3) かわ　　1．州　　2．川　　3．リ　　4．氵

(4) みず　　1．水　　2．木　　3．氷　　4．本

とい2　わたしの　うちには　てれびも　らじおも　ありません。でも、しんぶんは
　　　　　　　　　　　　　(1)　　(2)　　　　　　　　　(3)(4)
まいにち　よみます。
(5)　　(6)

(1) てれび 1．テルビ 2．テレビ 3．チルゼ 4．チレゼ

(2) らじお 1．ラヅオ 2．フヅオ 3．フジオ 4．ラジオ

(3) しん 1．紙 2．近 3．新 4．親

(4) ぶん 1．聞 2．分 3．風 4．文

(5) まいにち 1．枚日 2．毎日 3．板日 4．海日

(6) よみます 1．設みます 2．語みます 3．話みます 4．読みます

もんだいIV つぎの ぶんの ＿＿＿ の ことばは かんじや かなで どう かきますか。1・2・3・4から いちばん いい ものを ひとつ えらびなさい。

とい1 かばんの なかや つくえの したも よく みて ください。
　　　　　　　　 (1)　　　　　　 (2)　　　 (3)

(1) なか 1．甲 2．史 3．中 4．申

(2) した 1．上 2．下 3．土 4．丁

(3) みて 1．見て 2．来て 3．未て 4．貝て

とい2 ぴあのの うえに しろい はんかちが あります。
　　　 (1)　　　　　　 (2)　 (3)

(1) ぴあの 1．ゼアノ 2．ゼカノ 3．ピアノ 4．ピカノ

(2) しろい 1．百い 2．白い 3．日い 4．自い

(3) はんかち 1．ハソヤテ 2．ハンカチ 3．ハソカチ 4．ハンヤテ

とい3 おおきな いぬが ひろい こうえんで はしって います。
　　　 (1)　　　 (2)　　 (3)　　　　　　 (4)

(1) おおきな 1．丈きな 2．才きな 3．大きな 4．天きな

(2) いぬ 1．犬 2．太 3．丈 4．入

(3) ひろい 1．高い 2．広い 3．良い 4．多い

(4) はしって 1．行って 2．知って 3．歩って 4．走って

もんだいV つぎの ぶんの ＿＿＿ の ところに なにを いれますか。1・2・3・4から いちばん いい ものを ひとつ えらびなさい。

(1) わたしの すきな くだものは ＿＿＿です。

　1．うま 2．りんご 3．さかな 4．おちゃ

(2) この ほんは ＿＿＿ので、とても おもいです。

　1．うすい 2．あつい 3．せまい 4．ひろい

(3) きのう てがみを だしました。あしたか、_____には つくでしょう

　　1．せんげつ　　2．らいねん　　3．あさって　　4．おととい

(4) おんなの ひとは _____ いました。

　　1．ふたつ　　2．にまい　　3．ふつか　　4．ふたり

(5) これは _____ もんだいです。よく わかりません。

　　1．かるい　　2．かんたんな　　3．やさしい　　4．むずかしい

(6) びょういんや ゆうびんきょくも ありますから _____です。

　　1．べんり　　2．ふべん　　3．げんき　　4．ふとい

(7) つめたい _____が のみたいです。

　　1．テーブル　　2．デパート　　3．スポーツ　　4．ジュース

(8) あたらしい くつを _____ます。

　　1．き　　2．はき　　3．かぶり　　4．つけ

(9) いま _____7じです。

　　1．だんだん　　2．ぜんぜん　　3．ちょうど　　4．すぐに

(10) ごはんを たべる まえに、てを _____。

　　1．みがきます　　2．あらいます　　3．いれます　　4．うたいます

もんだいVI _____の ぶんと だいたい おなじ いみの ぶんは どれですか。1・
　　　　　2・3・4から いちばん いい ものを ひとつ えらびなさい。

(1) すずきさんの うしろに たなかさんが います。

　　1．たなかさんの となりに すずきさんが います。

　　2．たなかさんの まえに すずきさんが います。

　　3．たなかさんの よこに すずきさんが います。

　　4．たなかさんの ひだりに すずきさんが います。

(2) かとうさんは 「あねは いますが あには いません。」と いいました。

　　1．かとうさんには、おにいさんも おねえさんも います。

　　2．かとうさんには、おにいさんも おねえさんも いません。

　　3．かとうさんには、おにいさんは いますが、おねえさんは いません。

　　4．かとうさんには、おにいさんは いませんが、おねえさんは います。

(3) たなかさんは　まいにち　がっこうで　おしえて　います。

　　１．たなかさんは　せんせいです。

　　２．たなかさんは　がくせいです。

　　３．たなかさんは　かいしゃいんです。

　　４．たなかさんは　いしゃです。

(4) この　ミルクは　ふるく　ないですか。

　　１．この　ミルクは　きたないですか。

　　２．この　ミルクは　やすいですか。

　　３．この　ミルクは　おおきいですか。

　　４．この　ミルクは　あたらしいですか。

(5) やましたさんは　「いってきます。」と　いいました。

　　１．やましたさんは　いまから　ごはんを　たべます。

　　２．やましたさんは　いまから　ねます。

　　３．やましたさんは　いまから　どこかへ　いきます。

　　４．やましたさんは　いまから　うちへ　かえります。

(6) ヤンさんは　「ごちそうさまでした。」と　いいました。

　　１．ヤンさんは　うちへ　かえりました。

　　２．ヤンさんは　かいしゃへ　きました。

　　３．ヤンさんは　どこかへ　いきました。

　　４．ヤンさんは　ごはんを　たべました。

(7) この　しごとは　たいへんです。

　　１．この　しごとは　かんたんです。

　　２．この　しごとは　むずかしいです。

　　３．この　しごとは　すぐに　おわります。

　　４．この　しごとは　すきです。

(8) きょうは　はつかです。

　　１．あしたは　みっかです。

　　２．あしたは　ここのかです。

　　３．あしたは　じゅういちにちです。

　　４．あしたは　にじゅういちにちです。

(9) ヤンさんは　でかけて　います。

　　1．ヤンさんは　うちに　いません。

　　2．ヤンさんは　うちに　います。

　　3．ヤンさんは　うちに　かえりません。

　　4．ヤンさんは　うちに　かえります。

(10) しろい　たてものが　あります。

　　1．しろい　いすや　つくえなどが　あります。

　　2．しろい　びょういんや　ホテルなどが　あります。

　　3．しろい　コップや　おさらなどが　あります。

　　4．しろい　ノートや　ペンなどが　あります。

聴　解

もんだい1

れい

 1

 2

 3

 4

1 ばん

 1

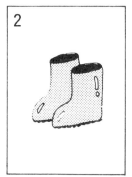 2

 3

 4

2 ばん

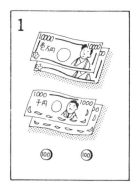 1

 2

 3

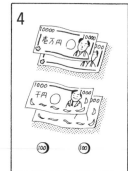 4

3 ばん

1	2	3	4

4 ばん

1	2	3	4

5 ばん

1	2	3	4
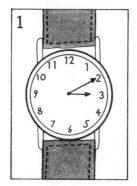	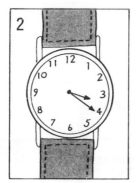	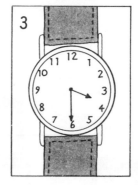	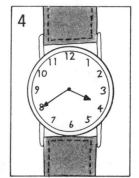

もんだい 11

れい

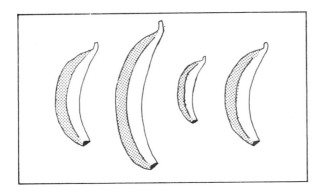

1 ばん

2 ばん

3 ばん

4 ばん

5 ばん

もんだいI

かいとうらん

		①	②	③	④
れい	ただしい	●	②	③	④
	ただしくない	①	●	●	●
1ばん	ただしい	①	②	③	④
	ただしくない	①	②	③	④
2ばん	ただしい	①	②	③	④
	ただしくない	①	②	③	④
3ばん	ただしい	①	②	③	④
	ただしくない	①	②	③	④
4ばん	ただしい	①	②	③	④
	ただしくない	①	②	③	④
5ばん	ただしい	①	②	③	④
	ただしくない	①	②	③	④

もんだいII

かいとうらん

		①	②	③	④
れい	ただしい	①	●	③	④
	ただしくない	●	②	●	●
1ばん	ただしい	①	②	③	④
	ただしくない	①	②	③	④
2ばん	ただしい	①	②	③	④
	ただしくない	①	②	③	④
3ばん	ただしい	①	②	③	④
	ただしくない	①	②	③	④
4ばん	ただしい	①	②	③	④
	ただしくない	①	②	③	④
5ばん	ただしい	①	②	③	④
	ただしくない	①	②	③	④

もんだいIII

かいとうらん

		①	②	③	④
れい	ただしい	①	②	③	●
	ただしくない	●	●	●	④
1ばん	ただしい	①	②	③	④
	ただしくない	①	②	③	④
2ばん	ただしい	①	②	③	④
	ただしくない	①	②	③	④
3ばん	ただしい	①	②	③	④
	ただしくない	①	②	③	④
4ばん	ただしい	①	②	③	④
	ただしくない	①	②	③	④
5ばん	ただしい	①	②	③	④
	ただしくない	①	②	③	④

もんだい I ＿＿＿＿の ところに なにを いれますか。1・2・3・4から いちば
　　　ん いい ものを ひとつ えらびなさい。

(1) ぜんぶ たべました。もう なに＿＿＿＿ ありません。

　　1．が　　　2．は　　　3．も　　　4．か

(2) うち＿＿＿＿ かいしゃまで バスで 行きます。

　　1．には　　2．から　　3．へも　　4．とは

(3) わたしは いま とうきょう＿＿＿＿ すんで います。

　　1．に　　　2．で　　　3．を　　　4．へ

(4) おとうとは らいねん だいがく＿＿＿＿ そつぎょうします。

　　1．で　　　2．から　　3．を　　　4．に

(5) まいにち としょかん＿＿＿＿ べんきょうします。

　　1．に　　　2．で　　　3．へ　　　4．と

(6) よく わかりませんが、5000円＿＿＿＿ でしょう。

　　1．まだ　　2．しか　　3．ごろ　　4．ぐらい

(7) きのうは 30ぷん＿＿＿＿ べんきょうしませんでした。

　　1．や　　　2．しか　　3．だけ　　4．ごろ

(8) あたらしい じしょ＿＿＿＿ ほしいです。

　　1．は　　　2．と　　　3．で　　　4．が

(9) きのうは 11じ＿＿＿＿ ねました。

　　1．ごろ　　2．ぐらい　3．まだ　　4．も

(10) ここに くるま＿＿＿＿ とめては いけません。

　　1．が　　　2．を　　　3．に　　　4．と

もんだい II ＿＿＿＿の ところに なにを いれますか。1・2・3・4から いちば
　　　　ん いい ものを ひとつ えらびなさい。

(1) でんしゃ＿＿＿＿ かえりますか。それとも、バスですか。

　　1．も　　　2．で　　　3．と　　　4．に

17

(2) わたしは　いしゃ_____　なりたいです。

　　1．に　　　2．が　　　3．を　　　4．も

(3) この　まちには　どこ_____　川は　ありません。

　　1．かへ　　2．には　　3．かで　　4．にも

(4) きのうは　どこ_____　でかけましたか。

　　1．にも　　2．には　　3．かへ　　4．かも

(5) わたしは　山下さん_____　かいものを　しました。

　　1．は　　　2．を　　　3．で　　　4．と

(6) よるは　なに_____　たべましょうか。

　　1．が　　　2．も　　　3．を　　　4．に

(7) てんぷらを　たべ_____　行きます。

　　1．で　　　2．へ　　　3．に　　　4．は

(8) きのう　テレビ_____　ふるい　えいがを　みました。

　　1．で　　　2．は　　　3．に　　　4．へ

(9) きょねんの　３がつ_____　にほんへ　きました。

　　1．が　　　2．を　　　3．で　　　4．に

(10) この　ほんは　わたし_____　では　ありません。

　　1．に　　　2．の　　　3．と　　　4．が

もんだいⅢ　_____の　ところに　なにを　いれますか。1・2・3・4から　いちば
　　　　　ん　いい　ものを　ひとつ　えらびなさい。

(1) きのうは　だれにも　_____。

　　1．あいます　　　2．あいました　　　3．あいません　　　4．あいませんでした

(2) としょかんで　_____　ほんを　きのう　よみました。

　　1．かりる　　　　2．かりた　　　　　3．かりました　　　4．かりて

(3) ラジオを　_____ながら、べんきょう　します。

　　1．きく　　　　　2．きいて　　　　　3．きき　　　　　　4．ききます

(4) えいがを　_____　あとで、ほんやへ　行きます。

　　1．みる　　　　　2．みます　　　　　3．みた　　　　　　4．みて

(5) あしたは　パーティーが　ありますね。ビールを、かって　＿＿＿＿＿。

　　　１．おきましょう　　２．ありましょう　　３．たべましょう　　４．なりましょう

(6) みなさん　ちょっと　＿＿＿＿＿　して　ください。

　　　１．しずか　　　　　２．しずかな　　　　３．しずかだ　　　　４．しずかに

(7) スミスさんの　へやは　とても　＿＿＿＿＿と　おもいます。

　　　１．ひろい　　　　　２．ひろいだ　　　　３．ひろいし　　　　４．ひろくて

(8) この　しごとは　あまり　＿＿＿＿＿。

　　　１．たいへんでした　　　　　　　２．たいへんは　ありません

　　　３．たいへんく　ありません　　　４．たいへんでは　ありません

(9) わたしの　とけいは　＿＿＿＿＿。

　　　１．たかくてです　　　２．たかかったです

　　　３．たかいでした　　　４．たかく　ありました

(10) おさけや　ビールは　＿＿＿＿＿　ください。

　　　１．のまない　　　　２．のみません　　　３．のまないで　　　４．のみないで

もんだいⅣ　＿＿＿＿＿の　ところに　なにを　いれますか。１・２・３・４から　いちば
　　　　　ん　いい　ものを　ひとつ　えらびなさい。

(1) びょういんまで　タクシーに　＿＿＿＿＿　行きましょう。

　　　１．のって　　　　　２．のりて　　　　　３．のんで　　　　　４．のりって

(2) かぜの　ときは　この　くすりを　＿＿＿＿＿　ください。

　　　１．のりて　　　　　２．のんで　　　　　３．のって　　　　　４．のむで

(3) ごはんを　＿＿＿＿＿　まえに、よく　てを　あらいました。

　　　１．たべ　　　　　　２．たべる　　　　　３．たべた　　　　　４．たべない

(4) あの　バスは　とうきょうえきへ　＿＿＿＿＿　バスです。

　　　１．行こう　　　　　２．行き　　　　　　３．行く　　　　　　４．行って

(5) きょうとへ　＿＿＿＿＿　その　あとで　ひろしまへ　行きました。

　　　１．行こう　　　　　２．行か　　　　　　３．行かない　　　　４．行って

(6) きのうは　＿＿＿＿＿。

　　　１．あつくでした　　２．あつかったです　３．あついです　　　４．あついかったです

(7) ふゆに　なって、＿＿＿＿＿　なりました。

１．さむいの　　　２．さむくて　　　３．さむいに　　　４．さむく

(8)　きょうは　まだ　なにも　＿＿＿＿＿。

　　１．たべました　　２．たべて　いません　３．たべないでした　　４．たべて　いました

(9)　わたしの　カメラは　＿＿＿＿＿　かるいです。

　　１．ちいさくて　　　２．ちいさい　　　　３．ちいさいくて　　４．ちいさいて

(10)　田中さんは　目が　よく　ないです。いつも　めがねを　かけて　＿＿＿＿＿。.

　　１．します　　　　　２．なります　　　　３．います　　　　　４．あります

もんだいV　＿＿＿＿＿の　ところに　なにを　いれますか。１・２・３・４から　いちば
　　　　　　ん　いい　ものを　ひとつ　えらびなさい。

(1)　ヤンさんの　かばんは　＿＿＿＿＿ですか。

　　１．どれの　　２．どこ　　３．どの　　４．どれ

(2)　あの　たてものは　＿＿＿＿＿ですか。

　　１．どこ　　２．どれ　　３．なん　　４．どの

(3)　「山下さんのは　＿＿＿＿＿　とけいですか。」

　　「わたしのは　小さい　とけいです。」

　　１．どれ　　２．なん　　３．どんな　　４．どこ

(4)　「にほんごの　べんきょうは　＿＿＿＿＿ですか。」

　　「たいへんです。」

　　１．どう　　２．どの　　３．なん　　４．どこ

(5)　「うちから　かいしゃまで　＿＿＿＿＿　かかりますか。」

　　「だいたい　１じかんです。」

　　１．どんな　　２．どのくらい　　３．いくら　　４．いつ

(6)　「すみません。でんわは　＿＿＿＿＿でしょうか。」

　　「かいだんの　そばです。」

　　１．なん　　２．どの　　３．どこ　　４．どれ

(7)　この　くるまは　＿＿＿＿＿の　くにの　くるまですか。

　　１．どこ　　２．どんな　　３．どの　　４．どう

(8)　「きのうは　＿＿＿＿＿　がっこうに　きませんでしたか。」

　　「あたまが　いたかったからです。」

1．だれが　　2．どうして　　3．なにが　　4．いつ

(9)　わたしは　よく　でんわで　ともだちと　はなします。＿＿＿＿＿　てがみは　あまり
　　かきません。

　　1．そして　　　2．でも　　　3．それで　　　4．それから

(10)　きょうは　としょかんで　ほんを　よみました。＿＿＿＿＿　うちでも　ほんを　よみ
　　ました。

　　1．それでは　　　2．しかし　　　3．それから　　　4．でも

もんだいVI　どの　こたえが　いちばん　いいですか。1・2・3・4から　いちばん
**　　　　　　いい　ものを　ひとつ　えらびなさい。**

(1)　「こうえんへ　行きませんか。」

　　1．「はい、行きませんか。」

　　2．「はい、行きましょう。」

　　3．「はい、行くでしょう。」

　　4．「はい、行って　いません。」

(2)　「もう　この　ほんを　よみましたか。」

　　1．「いいえ、もう　よみます。」

　　2．「いいえ、もう　よみました。」

　　3．「いいえ、まだ　よみませんでした。」

　　4．「いいえ、まだ　よんで　いません。」

(3)　「かばんの　中に　なにか　ありますか。」

　　1．「いいえ、なにが　ありません。」

　　2．「いいえ、なにも　ありません。」

　　3．「いいえ、なんでも　ありません。」

　　4．「いいえ、なにか　ありません。」

(4)　「ともだちと　行きましたか。」

　　1．「いいえ、ともだちは　行きました。」

　　2．「いいえ、ともだちが　行きました。」

　　3．「いいえ、ひとりで　行きました。」

　　4．「いいえ、ひとりで　行きませんでした。」

(5) 「だれか　きましたか。」

　　1．「はい、きました。」

　　2．「はい、だれが　きました。」

　　3．「はい、そうでした。」

　　4．「はい、だれも　きました。」

(6) 「おちゃでも　のみましょう。」

　　1．「どうぞ、どうぞ。」

　　2．「そう　しましょう。」

　　3．「そうです。」

　　4．「しつれいします。」

(7) 「すみません。ちょっと　これを　もって　ください。」

　　1．「はい、けっこうです。」

　　2．「はい、そうです。」

　　3．「はい、ちょっとです。」

　　4．「はい、わかりました。」

(8) 「ここに　ある　ほんは　ぜんぶ　にほんごの　ほんですか。」

　　1．「いいえ、ぜんぶ　にほんごの　ほんだけです。」

　　2．「いいえ、にほんごの　ほんしか　ありません。」

　　3．「いいえ、にほんごの　ほんだけでは　ありません。」

　　4．「いいえ、にほんごの　ほんだけ　あります。」

(9) 「つくえの　上の　ラジオは　山川さんのですか。」

　　1．「はい、つくえの　上です。」

　　2．「はい、ラジオです。」

　　3．「はい、あります。」

　　4．「はい、そうです。」

(10) 「この　ノートと、その　ペンを　ください。いくらですか。」

　　1．「はい、ノートと　ペンです。」

　　2．「はい、180円です。」

　　3．「はい、2さつです。」

　　4．「はい、2ほんです。」

もんだいⅦ　つぎの　かいわや　ぶんを　よんで、しつもんに　こたえなさい。こたえ
　　　　は　した　の　1・2・3・4の　えから　いちばん　いい　ものを　ひとつ
　　　　えらびなさい。

(1)　パンやの　となりは　ほんやです。その　となりは、はなやです。

　　【しつもん】ただしい　えは　どれですか。

(2)　A：「かぎは　どこに　ありますか。」

　　　B：「つくえの　みぎの　ひきだしの　中かな。」

　　　A：「ないですね。」

　　　B：「そうですか。じゃ、ひだりは。」

　　　A：「ああ、ありました。」

　　【しつもん】ただしい　えは　どれですか。

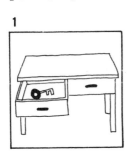 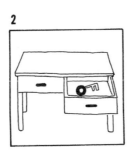  

(3)　田中さんは　いつも　かいしゃで　しごとを　します。　しかし、きょうは　にち
　　ようびです。うちに　います。

　　【しつもん】田中さんは　どこに　いますか。

(4) 1にちに どのくらい テレビを みるか しらべました。1じかん くらいの 人
は 10パーセント、2じかんくらいの 人も 10パーセント、3〜4じかんの 人は
60パーセントでした。もっと たくさんみる 人は 5パーセント、ぜんぜん みな
い 人は 15パーセントでした。

【しつもん】どの グラフが いいですか。

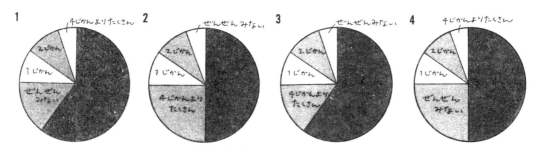

(5) ノートに 「とけい」と かいて います。

【しつもん】ただしい えは どれですか。

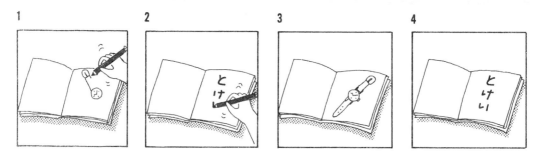

３級
練習問題

文字・語彙

文字
<small>もじ</small>

三級的測驗中出現的漢字數大約有三百字。所謂的"三級"是指「日語的學習時間數大約三百個小時左右，修習完初級日語課程的程度」。

應付三級的測驗要先學會所有出現在初級教材中的漢字，懂得它的讀法。因為在考讀法與寫法時的題型都是四選一，選出正確的選項。有關讀法的題目大概有三、四題，是由漢字及假名寫成，然後回答劃線部份的漢字及假名的讀法，至於寫法部分的考題也是同樣。寫出劃線部份中由假名表示的漢字寫法或回答其漢字與假名的寫法。

讀法部份的考題要注意先會正確地用假名寫出該讀音，並注意是否有「つ」「や」「ゆ」「よ」及「う」和「ん」等易犯錯的細節。

至於寫法部份的問題則要注意字形相似的漢字，例如「力」與「刀」、「親」與「新」、「問」與「間」等。如果能把同樣偏旁、部首的漢字事先整理好則更佳。多做一些題目就能了解什麼樣的漢字最常考。

漢字應該每天一點一滴地學習，臨到考前才慌張準備是記不來的。

語彙
<small>ごい</small>

參加三級的能力測驗，要具備約一千五百字的語彙能力，也就是指會說些日常生活中的實用會話，及會讀、會寫些簡單文章的程度，且不僅只是了解語彙所含有的意義，還要能正確無誤地使用於文

章當中。

　　至於其題型則有兩種，一是選出適切選項以完成語意通順的句子，再則就是選出與題目同樣意思的句子，但無論哪一種都是四選一，選出正確的選項。

　　在選擇的過程中應注意意義類似的詞彙或字形類似但意義不同的詞彙，例如「みっつ」與「みっか」、「すわる」與「まわる」、「たいせつな」與「しんせつな」及「デパード」與「アパード」等。

　　在選擇有關相同意思的句子部分，最好是能預先做代換練習的準備，如「きゅうにあめがふってきました」和「とつぜんあめがふってきました」這兩個句子就是意思相同的類似句，因此不妨把語意相近的詞彙事先整理以便記憶。

漢字　読み方

問題Ⅰ　次の　文の　＿＿＿の　漢字（漢字と　かな）は、どう　読みますか。1・2・3・
　　　　4から　いちばん　いい　ものを　一つ　えらびなさい。

夏休みに　友達と　いろいろな　所を　旅行しました。でも　帰ってから、つかれて　病気
　(1)　　　　(2)　　　　　　　　　　(3)　　(4)　　　　　　　　　　(5)　　　　　　　　　(6)
に　なりました。

(1)　夏休み　　1．なつやすみ　2．なつやつみ　3．なっやすみ　4．なっやつみ

(2)　友達　　　1．ゆうじん　　2．ゆうだつ　　3．ともたち　　4．ともだち

(3)　所　　　　1．しょ　　　　2．じょ　　　　3．ところ　　　4．とこ

(4)　旅行　　　1．りょうこ　　2．りょうこう　3．りょこう　　4．りょっこう

(5)　帰って　　1．もどって　　2．きって　　　3．かえって　　4．いって

(6)　病気　　　1．びょき　　　2．びょうぎ　　3．びょっき　　4．びょうき

　　読み方を　知りませんから　教えて　ください。
　　(7)　　　　(8)　　　　　　　(9)

(7)　読み方　　1．よみほう　　2．よみかた　　3．よみがた　　4．よみぼう

(8)　知りません1．しりません　2．ちりません　3．つりません　4．じりません

(9)　教えて　　1．きょうえて　2．きょえて　　3．おちえて　　4．おしえて

　　これは　有名な　時計です。
　　　　　　(10)　　(11)

(10)　有名　　　1．ゆめ　　　　2．ゆうめ　　　3．ゆめい　　　4．ゆうめい

(11)　時計　　　1．とうけい　　2．とけい　　　3．とうけ　　　4．とけ

　　空港に　着いたら　電話を　して　ください。
　　(12)　　(13)

(12)　空港　　　1．くうこ　　　2．くこう　　　3．くうこう　　4．くこ

(13)　着いた　　1．きいた　　　2．ついた　　　3．おいた　　　4．さいた

　　この　商品は　よく　売れて　いる　そうです。
　　　　(14)　　　　　　(15)

(14)　商品　　　1．しょうひん　2．しょひん　　3．しょんぴん　4．しょうてん

(15)　売れて　　1．かわれて　　2．いれて　　　3．うれて　　　4．ばれて

問題II 次の 文の ＿＿＿の 漢字（漢字と かな）は、どう 読みますか。1・2・3・
4から いちばん いい ものを 一つ えらびなさい。

この 近くに 売店は ありますか。
<u>(1)</u>　<u>(2)</u>

(1) 近く　　1．ちく　　　　2．ちかく　　　3．とおく　　　4．しかく

(2) 売店　　1．うるみせ　　2．かいてん　　3．うりみせ　　4．ばいてん

水は たいせつに 使いましょう。
　　　　　　　(3)

(3) 使い　　1．つかい　　　2．しい　　　　3．かい　　　　4．あらい

こちらに 住所と 名前を お願いします。
　　　　(4)　　(5)　　(6)

(4) 住所　　1．じしょ　　　2．じゅうしょ　3．じゅしょ　　4．ばしょ

(5) 名前　　1．なま　　　　2．みょうじ　　3．なまえ　　　4．めいぜん

(6) お願い　1．おねがい　　2．おがねい　　3．おかい・　　4．おがい

出口で 待って いて ください。
(7)　　(8)

(7) 出口　　1．いりぐち　　2．でえぐち　　3．でいりぐち　4．でぐち

(8) 待って　1．もって　　　2．まちって　　3．まって　　　4．たって

大切な 物なので、注意して 持ちましょう。
(9)　　(10)　　　(11)　　　(12)

(9) 大切　　1．だいじ　　　2．おおきり　　3．だいせつ　　4．たいせつ

(10) 物　　　1．ぶつ　　　　2．もの　　　　3．もつ　　　　4．ぽん

(11) 注意　　1．ちゅい　　　2．ちゅうい　　3．しゅうい　　4．しゅい

(12) 持ち　　1．とち　　　　2．まち　　　　3．じち　　　　4．もち

数学は 子供の ときから 苦手です。
(13)　　　　　　　　　　(14)

(13) 数学　　1．しゅうがく　2．すうがく　　3．しゅがく　　4．すがく

(14) 苦手　　1．くて　　　　2．にがて　　　3．くしゅ　　　4．にがしゅ

お正月には、神社に 行こうと 思います。
　　(15)　　　(16)

(15) 正月　　1．せいがつ　　2．せいつき　　3．しょうがつ　4．しょうつき

(16) 神社　　1．じんじゃ　　2．しんじゃ　　3．かみじゃ　　4．かんじゃ

<u>素直</u>で <u>健康</u>で やさしい <u>女性</u>が わたしの <u>理想</u>です。
₍₁₇₎　　₍₁₈₎　　　　　　₍₁₉₎　　　　　　₍₂₀₎

(17)　素直　　　1．そっちょく　2．すなお　　　3．せいじつ　　　4．しょうじき

(18)　健康　　　1．けんこう　　2．おんこう　　3．げんき　　　　4．じょうぶ

(19)　女性　　　1．だんせい　　2．じょせい　　3．せいしつ　　　4．せいかく

(20)　理想　　　1．そうぞう　　2．ゆめ　　　　3．りそう　　　　4．あこがれ

問題Ⅲ　次の　文の　＿＿＿の　漢字（漢字と　かな）は、どう　読みますか。1・2・3・
　　　　　4から　いちばん　いい　ものを　一つ　えらびなさい。

<u>駅</u>の　<u>前</u>で　<u>親切な</u>　<u>人</u>に　<u>道</u>を　<u>教えて</u>　もらいました。
₍₁₎　　₍₂₎　　₍₃₎　　₍₄₎　　₍₅₎　　₍₆₎

(1)　駅　　　　1．えき　　　　2．みせ　　　　3．はし　　　　4．かど

(2)　前　　　　1．まえ　　　　2．うしろ　　　3．うら　　　　4．よこ

(3)　親切な　　1．ていねいな　2．にぎやかな　3．しんせつな　4．きれいな

(4)　人　　　　1．おんな　　　2．おとこ　　　3．こ　　　　　4．ひと

(5)　道　　　　1．みち　　　　2．かず　　　　3．くび　　　　4．にもつ

(6)　教えて　　1．かぞえて　　2．おさえて　　3．おしえて　　4．ささえて

<u>教科書</u>を　よく　<u>読んで</u>、<u>練習</u>しました。
₍₇₎　　　　　　₍₈₎　　₍₉₎

(7)　教科書　　1．さんこしょ　2．きょかしょ　3．さんこうしょ　4．きょうかしょ

(8)　読んで　　1．たのしんで　2．よんで　　　3．すすんで　　4．すんで

(9)　練習　　　1．れいしゅ　　2．れんしゅ　　3．れいしゅう　4．れんしゅう

<u>何時</u>ごろ　<u>着き</u>ましたか。
₍₁₀₎　　　₍₁₁₎

(10)　何時　　　1．なじ　　　　2．いま　　　　3．なんじ　　　4．なんばん

(11)　着き　　　1．つき　　　　2．とどき　　　3．はたらき　　4．いき

<u>新しい</u>　<u>時計</u>を　<u>安く</u>　<u>買い</u>ました。
₍₁₂₎　　　₍₁₃₎　　₍₁₄₎　　₍₁₅₎

(12)　新しい　　1．うつくしい　2．あたらしい　3．おいしい　　4．したしい

(13)　時計　　　1．たばこ　　　2．くつ　　　　3．かさ　　　　4．とけい

(14)　安く　　　1．たかく　　　2．やすく　　　3．うまく　　　4．ながく

(15)　買い　　　1．かい　　　　2．あきない　　3．すい　　　　4．つかい

わたしの　会社の　ことが　新聞に　書いて　ありました。
　　　　　　(16)　　　　　　　　(17)　　(18)

(16)　会社　　　1．かしゃ　　　2．かいしゃ　　3．かしや　　　4．かいしや

(17)　新聞　　　1．ざっし　　　2．きじ　　　　3．しんぶん　　4．ほん

(18)　書いて　　1．ついて　　　2．かいて　　　3．といて　　　4．たたいて

先月の　写真が　できました。
(19)　　(20)

(19)　先月　　　1．らいげつ　　2．こんげつ　　3．せんげつ　　4．さらいげつ

(20)　写真　　　1．しやしん　　2．しゃしん　　3．しゃっしん　4．しゃっし

問題IV　次の　文の　＿＿＿の　漢字（漢字と　かな）は、どう　読みますか。1・2・3・
　　　　　4から　いちばん　いい　ものを　一つ　えらびなさい。

窓から　青い　湖が　見えます。
(1)　　(2)　(3)

(1)　窓　　　　1．やね　　　　2．へや　　　　3．まど　　　　4．いえ

(2)　青い　　　1．ひろい　　　2．たかい　　　3．おおきい　　4．あおい

(3)　湖　　　　1．うみ　　　　2．やま　　　　3．かわ　　　　4．みずうみ

弟と　うちまで　自転車で　競争しました。
(4)　　　　　　(5)　　　(6)

(4)　弟　　　　1．あね　　　　2．あに　　　　3．いもうと　　4．おとうと

(5)　自転車　　1．じどうしゃ　2．くるま　　　3．じてんしゃ　4．じりんしゃ

(6)　競争　　　1．きょそ　　　2．きょそう　　3．きょうそ　　4．きょうそう

山田さんは　今度も　会議に　遅れて　きました。
　　　　　　(7)　　(8)　　(9)

(7)　今度　　　1．こんど　　　2．こんかい　　3．いまど　　　4．けさ

(8)　会議　　　1．かいき　　　2．かいぎ　　　3．ぎかい　　　4．きかい

(9)　遅れて　　1．おくられて　2．おそれて　　3．わすれて　　4．おくれて

土曜日の　ボランティア活動に　参加できる　人を　求めて　います。
(10)　　　　　　　　(11)　　　(12)　　　　　　(13)

(10)　土曜日　　1．かようび　　2．すいようび　3．どようび　　4．げつようび

(11)　活動　　　1．かつとう　　2．かつどう　　3．かっとう　　4．かっどう

(12)　参加　　　1．きょうりょく2．さか　　　　3．さんか　　　4．さっか

(13)　求めて　　1．あつめて　　2．もとめて　　3．つとめて　　4．きめて

<u>秋</u>に　なると　いなかから　<u>母</u>が　<u>米</u>を　<u>送って</u>　くれます。
(14)　(15)　(16)　(17)

(14)　秋　　　　　1．はる　　　　　2．なつ　　　　　3．あき　　　　　4．ふゆ

(15)　母　　　　　1．ちち　　　　　2．はは　　　　　3．あに　　　　　4．あね

(16)　米　　　　　1．こめ　　　　　2．むぎ　　　　　3．いも　　　　　4．まめ

(17)　送って　　　1．おくって　　　2．もらって　　　3．かって　　　　4．とって

<u>課長</u>は　ただいま　<u>外出して</u>　おりますが、どういった　<u>ご用件</u>でしょうか。
(18)　(19)　(20)

(18)　課長　　　　1．かかりちょう　2．しゃちょう　3．かちょう　　　4．ぶちょう

(19)　外出して　　1．そとでして　　2．はずして　　3．がいしゅつして　4．しょくじして

(20)　ご用件　　　1．ごようけん　　2．ごよやく　　3．ごよてい　　　4．ごよう

問題V　次の　文の　_____の　漢字（漢字と　かな）は、どう　読みますか。1・2・3・4から　いちばん　いい　ものを　一つ　えらびなさい。

<u>森</u>の　<u>緑</u>が　<u>美しい</u>　<u>季節</u>に　なった。
(1)　(2)　(3)　(4)

(1)　森　　　　　1．の　　　　　　2．はやし　　　　3．もり　　　　　4．き

(2)　緑　　　　　1．みどり　　　　2．くさ　　　　　3．はな　　　　　4．は

(3)　美しい　　　1．あたらしい　　2．うつくしい　　3．すばらしい　　4．たのしい

(4)　季節　　　　1．きこう　　　　2．じき　　　　　3．きぶん　　　　4．きせつ

あの　<u>工事</u>は　<u>計画</u>の　<u>半分</u>も　おわって　いません。
(5)　(6)　(7)

(5)　工事　　　　1．こじ　　　　　2．こうじ　　　　3．じこ　　　　　4．しごと

(6)　計画　　　　1．けか　　　　　2．けっか　　　　3．けっかく　　　4．けいかく

(7)　半分　　　　1．はんぶん　　　2．はんぷん　　　3．はんふん　　　4．はっぷん

かれは　<u>歌</u>は　<u>下手</u>ですが、ダンスは　<u>上手</u>です。
(8)　(9)　(10)

(8)　歌　　　　　1．はなし　　　　2．うた　　　　　3．ふえ　　　　　4．おどり

(9)　下手　　　　1．したで　　　　2．しもて　　　　3．へた　　　　　4．げしゅ

(10)　上手　　　　1．かみて　　　　2．うわて　　　　3．うえて　　　　4．じょうず

<u>昼</u>は　たいてい　<u>会社</u>の　<u>食堂</u>で　かんたんに　すませます。
(11)　(12)　(13)

(11)　昼　　　　　1．あさ　　　　　2．ひる　　　　　3．よる　　　　　4．ばん

(12)　会社　　　　1．かいしや　　　2．かいしゃ　　　3．しゃかい　　　4．しやかい

(13)　食堂　　　　1．しょくと　　　2．しょくとう　　3．しょくど　　　4．しょくどう

妹は　来月の　二十日に　十一歳に　なります。
(14)　　(15)　　(16)　　　(17)

(14)　妹　　　　1．むすめ　　　2．むすこ　　　3．いもうと　　4．おとうと

(15)　来月　　　1．こんげつ　　2．せんげつ　　3．さらいげつ　4．らいげつ

(16)　二十日　　1．はたち　　　2．ついたち　　3．ふつか　　　4．はつか

(17)　十一歳　　1．じゅういっさい　2．じゅっいさい　3．じゅういさい　4．じゅいっさい

熱は　ありませんから、心配しなくても　大丈夫ですよ。
(18)　　　　　　　　(19)　　　　　　(20)

(18)　熱　　　　1．くすり　　　2．きず　　　　3．けが　　　　4．ねつ

(19)　心配　　　1．しんはい　　2．しんぱい　　3．しんばい　　4．しんぼう

(20)　大丈夫　　1．たいじょぶ　2．だいじょぶ　3．だいじよぶ　4．だいじょうぶ

漢字　書き方

問題Ⅰ　次の　文の　＿＿＿の　ことばは、漢字（漢字と　かな）で、どう　書きますか。1・
2・3・4から　いちばん　いい　ものを　一つ　えらびなさい。

ひようは　ぜんぶで　いくらですか。
₍₁₎　₍₂₎

(1)　ひ　　　　　1．悲　　　　　2．費　　　　　3．使　　　　　4．金

(2)　よう　　　　1．要　　　　　2．事　　　　　3．様　　　　　4．用

こんなに　さむい　ところでは　くさも　そだちません。
　　　　　(3)　　　　　　　　　(4)　　　(5)

(3)　さむい　　　1．暑い　　　　2．冷い　　　　3．冬い　　　　4．寒い

(4)　くさ　　　　1．草　　　　　2．花　　　　　3．葉　　　　　4．芽

(5)　そだちません　1．生ちません　2．成ちません　3．育ちません　4．長ちません

わたしの　うちは　えきから　ちかいので　つう　がくに　べんりです。
　　　　　　　　　(6)　　　(7)　　　　(8)(9)　　(10)(11)

(6)　えき　　　　1．験　　　　　2．駅　　　　　3．行　　　　　4．役

(7)　ちかい　　　1．側い　　　　2．近い　　　　3．直い　　　　4．辺い

(8)　つう　　　　1．通　　　　　2．進　　　　　3．登　　　　　4．往

(9)　がく　　　　1．楽　　　　　2．覚　　　　　3．確　　　　　4．学

(10)　べん　　　　1．便　　　　　2．勉　　　　　3．辺　　　　　4．使

(11)　り　　　　　1．里　　　　　2．理　　　　　3．利　　　　　4．私

とかいは　しぜんが　少ないので　さびしいです。
(12)(13)　　(14)(15)

(12)　と　　　　　1．市　　　　　2．町　　　　　3．街　　　　　4．都

(13)　かい　　　　1．会　　　　　2．今　　　　　3．合　　　　　4．全

(14)　し　　　　　1．白　　　　　2．自　　　　　3．日　　　　　4．目

(15)　ぜん　　　　1．然　　　　　2．全　　　　　3．前　　　　　4．善

問題Ⅱ　次の　文の　＿＿＿の　ことばは、漢字（漢字と　かな）で、どう　書きますか。1・
2・3・4から'いちばん　いい　ものを　一つ　えらびなさい。

ドアを　しめて　ください。
　　　　(1)

(1)　しめて　　1．開めて　　　2．止めて　　　3．閉めて　　　4 消めて

34

いちばん　みぎの　せきに　すわって　ください。
<u>(2)</u>　　<u>(3)</u>

(2)　みぎ　　　1．広　　　　　2．左　　　　　3．右　　　　　4．石

(3)　せき　　　1．座　　　　　2．応　　　　　3．関　　　　　4．席

みんな、<u>しずかに</u>　本を　<u>よんで</u>　います。
　　　　(4)　　　　　　　(5)

(4)　しずかに　1．音かに　　　2．清かに　　　3．静かに　　　4．情かに

(5)　よんで　　1．読んで　　　2．語んで　　　3．書んで　　　4．説んで

<u>みちで</u>　<u>あそんでは</u>　いけません。
(6)　　(7)

(6)　みち　　　1．首　　　　　2．遠　　　　　3．進　　　　　4．道

(7)　あそんで　1．遊んで　　　2．遅んで　　　3．楽んで　　　4．旅んで

<u>うみが</u>　<u>きたない</u>ので、<u>あん</u><u>しん</u>して　<u>およげ</u>ません。
(8)　　(9)　　　　　　(10)　(11)　　　　　(12)

(8)　うみ　　　1．河　　　　　2．川　　　　　3．洋　　　　　4．海

(9)　きたない　1．汚い　　　　2．汁い　　　　3．活い　　　　4．洗い

(10)　あん　　　1．宇　　　　　2．安　　　　　3．案　　　　　4．溶

(11)　しん　　　1．真　　　　　2．信　　　　　3．新　　　　　4．心

(12)　およげ　　1．氷げ　　　　2．水げ　　　　3．泳げ　　　　4．永げ

東京の　生活に　<u>ふ</u><u>まん</u>は　ないが、<u>りょう</u><u>しん</u>への　<u>でん</u><u>わ</u><u>だい</u>が　高くて　こまる。
　　　　　　(13)(14)　　　　　　　(15)　(16)　　　　(17)(18)(19)

(13)　ふ　　　　1．非　　　　　2．無　　　　　3．不　　　　　4．否

(14)　まん　　　1．満　　　　　2．混　　　　　3．温　　　　　4．演

(15)　りょう　　1．双　　　　　2．二　　　　　3．次　　　　　4．両

(16)　しん　　　1．新　　　　　2．親　　　　　3．信　　　　　4．深

(17)　でん　　　1．雲　　　　　2．雪　　　　　3．雷　　　　　4．電

(18)　わ　　　　1．話　　　　　2．語　　　　　3．読　　　　　4．設

(19)　だい　　　1．賃　　　　　2．料　　　　　3．費　　　　　4．代

はがきは　<u>いちまい</u>　いくらですか
　　　　　　(20)

(20)　いちまい　1．一板　　　　2．一枚　　　　3．一枝　　　　4．一紙

問題Ⅲ　次の　文の　＿＿＿＿の　ことばは、漢字（漢字と　かな）で、どう　書きますか。1・
　　　　2・3・4から　いちばん　いい　ものを　一つ　えらびなさい。

きのうは　きもちが　わるかったので、はやく　かえりました。
(1)　　　　　(2)　　　　　　　　　　(3)　　　(4)

(1) きもち　　1．気特ち　　　2．気持ち　　　3．気時ち　　　4．気得ち

(2) わるかった 1．悪かった　　2．劣かった　　3．拙かった　　4．粗かった

(3) はやく　　1．速く　　　　2．寒く　　　　3．早く　　　　4．遅く

(4) かえり　　1．返り　　　　2．還り　　　　3．反り　　　　4．帰り

ながい　あいだ、まちました。
(5)　　　(6)　　　(7)

(5) ながい　　1．厚い　　　　2．長い　　　　3．短い　　　　4．固い

(6) あいだ　　1．門　　　　　2．問　　　　　3．間　　　　　4．聞

(7) まち　　　1．待ち　　　　2．持ち　　　　3．詩ち　　　　4．寺ち

きのうは　ともだちと　あって　いろいろな　ことを　はなしました。とても　たのしかっ
(8)　　　　(9)　　　　　　　　　　　　　　(10)　　　　　　　　(11)
たです。

(8) ともだち　1．友達　　　　2．友連　　　　3．共達　　　　4．共連

(9) あって　　1．合って　　　2．会って　　　3．遭って　　　4．遇って

(10) はなし　　1．読し　　　　2．語し　　　　3．詰し　　　　4．話し

(11) たのし　　1．思し　　　　2．楽し　　　　3．薬し　　　　4．悲し

たまには　うんどうを　しないと　からだに　よくないですよ。
(12)　　　　　　　　(13)　　　(14)

(12) うんどう　1．運動　　　　2．運働　　　　3．労働　　　　4．労動

(13) からだ　　1．保　　　　　2．体　　　　　3．休　　　　　4．身

(14) よくない　1．秀くない　　2．可くない　　3．優くない　　4．良くない

つぎの　でんしゃで　いきましょう。
(15)　　(16)　　　(17)

(15) つぎ　　　1．続　　　　　2．継　　　　　3．次　　　　　4．決

(16) でんしゃ　1．雷車　　　　2．電東　　　　3．雷東　　　　4．電車

(17) いき　　　1．行き　　　　2．往き　　　　3．復き　　　　4．来き

わたしの　むすこは　やきゅうの　せんしゅです。
(18)　　　(19)　　　　(20)

(18) むすこ　　1．娘　　　　　2．息子　　　　3．子供　　　　4．子孫

(19) やきゅう　1．理球　　　　2．野球　　　　3．理救　　　　4．野救

(20) せんしゅ　1．専手　　　　2．専毛　　　　3．選手　　　　4．選毛

問題IV 次の 文の ＿＿＿の ことばは、漢字（漢字と かな）で、どう 書きますか。1・
2・3・4から いちばん いい ものを 一つ えらびなさい。

<u>あさ</u> <u>おきて</u> <u>こうえんを</u> <u>さんぽ</u>しました。
(1)　(2)　(3)　(4)

(1)　あさ　　　1．夕　　　　2．夜　　　　3．昼　　　　4．朝

(2)　おきて　　1．起きて　　2．送きて　　3．越きて　　4．追きて

(3)　こうえん　1．公遠　　　2．広園　　　3．公園　　　4．広遠

(4)　さんぽ　　1．三歩　　　2．山歩　　　3．参歩　　　4．散歩

<u>むずかしいと</u> <u>おもっても</u> <u>さいごまで</u> がんばって ください。
(5)　(6)　(7)

(5)　むずかしい1．勤しい　　2．悲しい　　3．難しい　　4．美しい

(6)　おもって　1．想って　　2．感って　　3．考って　　4．思って

(7)　さいご　　1．最後　　　2．最終　　　3．再後　　　4．再終

<u>きゅうりょうが</u> <u>すくないので</u> <u>ざんぎょうも</u> しなければ なりません。
(8)　(9)　(10)

(8)　きゅうりょう1．給量　　2．結量　　　3．給料　　　4．結料

(9)　すくない　1．小ない　　2．少ない　　3．抄ない　　4．多くない

(10)　ざんぎょう1．山行　　　2．残行　　　3．山業　　　4．残業

<u>おおあめの</u> せいで <u>やさいや</u> <u>くだものが</u> さらに <u>ねあがり</u>しました。
(11)　(12)　(13)　(14)

(11)　おおあめ　1．台風　　　2．大風　　　3．大雨　　　4．台雨

(12)　やさい　　1．野菜　　　2．野葉　　　3．理菜　　　4．理葉

(13)　くだもの　1．果実　　　2．果物　　　3．実果　　　4．実物

(14)　ねあがり　1．値上がり　2．価上がり　3．賃上がり　4．貸上がり

やまださんの <u>けんきゅうしつは</u> <u>ごかいの</u> いちばん <u>てまえ</u>です。
(15)　(16)　(17)

(15)　けんきゅうしつ1．研修室　2．研究室　　3．研習室　　4．研給室

(16)　ごかい　　1．五回　　　2．五会　　　3．五界　　　4．五階

(17)　てまえ　　1．手前　　　2．手後　　　3．手表　　　4．手裏

<u>はんたいする</u> ひとが たくさん いて、<u>けつろんが</u> でるまでに <u>じかんが</u> かかりました。
(18)　(19)　(20)

(18)　はんたい　1．反体　　　2．反対　　　3．半対　　　4．半体

(19)　けつろん　1．決論　　　2．詰論　　　3．次論　　　4．結論

(20)　じかん　　1．時間　　　2．持間　　　3．時関　　　4．持関

問題V 次の 文の ＿＿＿の ことばは、漢字（漢字と かな）で、どう 書きますか。1・
2・3・4から いちばん いい ものを 一つ えらびなさい。

こどもを つれた <u>わかい</u> <u>ふうふ</u>が ゆっくり <u>あるいて</u> います。
　　　　　　　　　⑴　　　　⑵　　　　　　　　　　⑶

(1)　わかい　　1．苦い　　　　2．若い　　　　3．古い　　　　4．右い

(2)　ふうふ　　1．夫婦　　　　2．婦夫　　　　3．夫妻　　　　4．妻夫

(3)　あるいて　1．立いて　　　2．歩いて　　　3．徒いて　　　4．走いて

わたしは <u>まんが</u>や <u>ざっし</u>は ほとんど <u>かい</u>ません。
　　　　　⑷　　　　⑸　　　　　　　　⑹

(4)　まんが　　1．漫絵　　　　2．慢絵　　　　3．漫画　　　　4．慢画

(5)　ざっし　　1．雑誌　　　　2．雑紙　　　　3．殺誌　　　　4．殺紙

(6)　かい　　　1．売い　　　　2．買い　　　　3．購い　　　　4．販い

　<u>じつりょく</u>テストの <u>せいせき</u>が とても <u>わるかった</u>ので <u>こまり</u>ました。
　　⑺　　　　　　　⑻　　　　　　　　⑼　　　　　　⑽

(7)　じつりょく1．学力　　　　2．実力　　　　3．実刀　　　　4．学刀

(8)　せいせき　1．成績　　　　2．成積　　　　3．正績　　　　4．正積

(9)　わるかった1．良かった　　2．悪かった　　3．不可った　　4．劣った

(10)　こまり　　1．囲り　　　　2．因り　　　　3．困り　　　　4．国り

　この プールは <u>しみん</u>なら だれでも <u>むりょう</u>で <u>りよう</u>できます。
　　　　　　　⑾　　　　　　　　　　⑿　　　　　⒀

(11)　しみん　　1．県民　　　　2．町民　　　　3．村民　　　　4．市民

(12)　むりょう　1．有料　　　　2．有科　　　　3．無料　　　　4．無科

(13)　りよう　　1．利用　　　　2．列用　　　　3．吏用　　　　4．使用

　<u>みなみむき</u>の へやは <u>あかるくて</u> <u>あたたかい</u>ので <u>やちん</u>が <u>たかい</u>です。
　　⒁　　　　　　　　⒂　　　　　⒃　　　　　　　⒄　　　　⒅

(14)　みなみむき1．東向き　　　2．北向き　　　3．南向き　　　4．西向き

(15)　あかるくて1．明るくて　　2．赤るくて　　3．暗くて　　　4．広くて

(16)　あたたかい1．厚かい　　　2．暖かい　　　3．熱かい　　　4．暑かい

(17)　やちん　　1．屋賃　　　　2．屋貸　　　　3．家賃　　　　4．家貸

(18)　たかい　　1．安い　　　　2．多い　　　　3．低い　　　　4．高い

　ぼくは <u>にく</u>よりも <u>さかな</u>が すきです。
　　　　⒆　　　　　⒇

(19)　にく　　　1．肉　　　　　2．内　　　　　3．円　　　　　4．月

(20)　さかな　　1．鳥　　　　　2．牛　　　　　3．魚　　　　　4．馬

語彙 適語の選択

問題I 次の 文の ＿＿＿＿＿の ところに 何を 入れますか。1・2・3・4から いち
　　　ばん いい ものを 一つ えらびなさい。

(1) はやく たなかさんに ＿＿＿＿＿を かけて ください。

　　1．おかね　　2．でんわ　　3．ふく　　4．めがね

(2) てがみは きれいな ＿＿＿＿＿の なかに はいって いた。

　　1．ふうとう　　2．きって　　3．はがき　　4．とうふ

(3) そとは、とても つめたい ＿＿＿＿＿が ふいて いる。

　　1．かぜ　　2．あめ　　3．ゆき　　4．こおり

(4) やまださんは からだの ＿＿＿＿＿が わるい そうですね。

　　1．ちょうし　　2．じゅんび　　3．ねつ　　4．きもち

(5) くらいですね。＿＿＿＿＿を つけて ください。

　　1．でんき　　2．ひかり　　3．ひ　　4．て

(6) ＿＿＿＿＿に はいって あたたまりました。

　　1．れいぞうこ　　2．ふろ　　3．みず　　4．だいがく

(7) テレビで あしたの てんき＿＿＿＿＿を みました。

　　1．よてい　　2．よやく　　3．よほう　　4．よち

(8) りんごの ＿＿＿＿＿を むいて よっつに きります。

　　1．へた　　2．かわ　　3．ひふ　　4．まく

(9) おしいれに ＿＿＿＿＿を しまいました。

　　1．くるま　　2．ねこ　　3．ふとん　　4．やね

(10) ＿＿＿＿＿を のばすのは やめて ください。あなたには にあいませんよ。

　　1．ひげ　　2．ゆび　　3．はね　　4．ほね

問題II 次の 文の _____の ところに 何を 入れますか。1・2・3・4から いち
　　　ばん いい ものを 一つ えらびなさい。

(1) くるまに _____を いれなければ なりません。

　　1．アルコール　　2．ガソリン　　3．バス　　4．セーター

(2) りょこうの しゃしんを _____に はりました。

　　1．グループ　　2．アルバム　　3．カメラ　　4．カレンダー

(3) _____は じぶんで するよりも みるほうが すきです。

　　1．スポーツ　　2．ネクタイ　　3．アルバイト　　4．プール

(4) きのう やまださんと _____で しょくじ しました。

　　1．ビル　　2．ポスト　　3．レストラン　　4．スーパー

(5) いつか _____へ いって みたいです。

　　1．シャンプー　　2．インド　　3．エンジン　　4．タイプライター

(6) まどの _____を きれいに みがいて ください。

　　1．スプーン　　2．コップ　　3．ストーブ　　4．ガラス

(7) いちにち さんばい _____を のみます。

　　1．ジャム　　2．コーヒー　　3．ビタミン　　4．タバコ

(8) しけんが ちかいので しっかり _____を とっています。

　　1．ノート　　2．カード　　3．レコード　　4．ペン

(9) _____で ようふくを かって もらう つもりです。

　　1．アパート　　2．デパート　　3．レシート　　4．スケート

(10) _____が なって じゅぎょうが はじまりました。

　　1．ピアノ　　2．チャイム　　3．ピンポン　　4．マイク

問題III 次の 文の _____の ところに 何を 入れますか。1・2・3・4から いち
　　　ばん いい ものを 一つ えらびなさい。

(1) えきまえの _____は しょくりょうひんが やすいです。

　　1．ホテル　　2．スーパー　　3．ビル　　4．レストラン

(2) では この しょるいを ＿＿＿＿＿して ください。

  1．コピー　　2．アルバム　　3．コーヒー　　4．ポスト

(3) ＿＿＿＿＿を つけたので へやの なかが すずしく なりました。

  1．ストーブ　　2．クーラー　　3．ガス　　4．ガラス

(4) あたらしい ＿＿＿＿＿の おとは どうですか。

  1．リボン　　2．テーブル　　3．ステレオ　　4．コップ

(5) きのう きた ＿＿＿＿＿を せんたく しました。

  1．ショック　　2．シャツ　　3．シーツ　　4．チーズ

(6) ＿＿＿＿＿を して ためた おかねで りょこうしました。

  1．アルバイト　　2．アパート　　3．インテリ　　4．カーテン

(7) ひとりで ＿＿＿＿＿を きくのが すきです。

  1．ビデオ　　2．ボールペン　　3．ミルク　　4．レコード

(8) すみませんが、＿＿＿＿＿を おして いただけませんか。

  1．カメラ　　2．バター　　3．シャッター　　4．クリーム

(9) おさけに よわいので いつも ＿＿＿＿＿を のみます。

  1．アルコール　　2．パン　　3．ジュース　　4．スポーツ

(10) こうちゃに ＿＿＿＿＿を いれますか。

  1．チョコレート　　2．ガソリン　　3．ノート　　4．レモン

問題Ⅳ 次の 文の ＿＿＿＿＿の ところに 何を 入れますか。1・2・3・4から いち
　　ばん いい ものを 一つ えらびなさい。

(1) さむいので ぼうしを ＿＿＿＿＿。

  1．きました　　2．かぶりました　　3．はめました　　4．はきました

(2) わたしは いちにち さんかい はを ＿＿＿＿＿。

  1．みがきます　　2．そうじします　　3．あらいます　　4．そります

(3) へやを　でる　ときは　かぎを　＿＿＿＿＿＿　ください。

　　１．つけて　　２．はめて　　３．かけて　　４．うけて

(4) うちに　かえったら、すぐ　シャワーを　＿＿＿＿＿＿たい。

　　１．あらい　　２．はいり　　３．あび　　４．あけ

(5) そのころは、だいがくを　＿＿＿＿＿＿　しごとが　なかった。

　　１．はいっても　　２．いれても　　３．だしても　　４．でても

(6) コップを　＿＿＿＿＿＿　しまいました。

　　１．わって　　２．こわして　　３．きって　　４．おって

(7) あまり　おさけを　のみすぎると、からだを　＿＿＿＿＿＿ますよ。

　　１．おとし　　２．おち　　３．こわし　　４．こわれ

(8) よみおわった　ざっしは　もとの　ばしょに　＿＿＿＿＿＿　ください。

　　１．かえって　　２．かりて　　３．かして　　４．かえして

(9) その　かじで　まちじゅうの　いえが　＿＿＿＿＿＿　しまいました。

　　１．やいて　　２．やけて　　３．もやして　　４．もえていて

(10) ことばの　いみが　わからない　ときは、じしょを　＿＿＿＿＿＿　ください。

　　１．さがして　　２．よんで　　３．ひいて　　４．きいて

問題V　次の　文の　＿＿＿＿＿＿の　ところに　何を　入れますか。１・２・３・４から　いち
　　ばん　いい　ものを　一つ　えらびなさい。

(1) かぜを　ひいたので　くすりを　のんだが、＿＿＿＿＿＿　よく　なりません。

　　１．ぜったいに　　２．すこしも　　３．けっして　　４．どうぞ

(2) あしたまでに　＿＿＿＿＿＿　この　しごとを　おわらせます。

　　１．ぜひ　　２．かならず　　３．ぜんぜん　　４．どうも

(3) とても　ながい　しょうせつでしたが、きのう　＿＿＿＿＿＿　よみおわりました。

　　１．なかなか　　２．だいぶ　　３．やはり　　４．やっと

(4) いそがしかったので、_____ ひるごはんを たべて いません。

　　1．なかなか　　2．まだ　　3．もう　　4．さっき

(5) いらっしゃいませ。_____ あがって ください。

　　1．どうも　　2．どうぞ　　3．きっと　　4．ぜったい

(6) いしゃに _____ おさけを のむなと いわれた。

　　1．たとえ　　2．かならずしも　　3．ぜんぜん　　4．ぜったいに

(7) _____ りょうしんに はんたいされても、やる つもりです。

　　1．たとえ　　2．たとえば　　3．ちっとも　　4．けっして

(8) みちが こんでいるので _____ タクシーより ちかてつの ほうが はやいでしょう。

　　1．あまり　　2．よく　　3．ほとんど　　4．たぶん

(9) いっしょうけんめい べんきょうしたから あしたの しけんは _____ だいじょうぶだ。

　　1．どうも　　2．ぜったい　　3．やはり　　4．どうぞ

(10) おそくなって すみません。バスが _____ こなかったんです。

　　1．けっして　　2．ぜったいに　　3．たぶん　　4．なかなか

問題Ⅵ 次の 文の _____の ところに 何を 入れますか。1・2・3・4から いち
　　ばん いい ものを 一つ えらびなさい。

(1) _____ 10ぷん まっても こなかったら、さきに いって ください。

　　1．たとえ　　2．もし　　3．どうも　　4．すこしも

(2) つぎの しちょうは _____ あの ひとが なるに ちがいない。

　　1．ちょうど　　2．どうぞ　　3．かなり　　4．きっと

(3) からだが あまり つよく ないので _____ むりは しないように して います。

　　1．ぜんぜん　　2．けっして　　3．ちっとも　　4．すこしも

(4) きょうは あめが ふると おもって いましたが、_____ あめが ふりはじめました。

　　1．きっと　　2．たぶん　　3．やはり　　4．なかなか

(5) かれは てがみの かきかたを おしえて くれると いって いたのに _____ お

しえて　くれません。

　　1．ぜんぜん　　2．ぜひ　　3．やっと　　4．かならず

(6)　れんきゅうの　ひこうきの　きっぷは、_____　なくなって　しまいました。

　　1．いつか　　2．あまり　　3．もう　　4．なかなか

(7)　_____　あめが　ふりそうな　そらです。

　　1．ずいぶん　　2．いまにも　　3．やっと　　4．もし

(8)　たなかさんに　おいしい　レストランを　おしえて　もらったので　いってみると、

　　_____　とても　おいしかったです。

　　1．ちっとも　　2．すこしも　　3．あまり　　4．なるほど

(9)　このまえの　しけんは　_____　むずかしく　なかったです。

　　1．あまり　　2．いつも　　3．たとえ　　4．よく

(10)　_____　れんしゅうしても、じょうずに　なりません。

　　1．ぜひ　　2．いくら　　3．ずっと　　4．いつか

問題Ⅶ　次の　文の　_____の　ところに　何を　入れますか。1・2・3・4から　いち
　　　ばん　いい　ものを　一つ　えらびなさい。

(1)　だんぼうを　いれたので　へやが　_____　なりました。

　　1．あたたかく　　2．つめたく　　3．さむく　　4．すずしく

(2)　ねるまえに　_____　コーヒーを　のんだので　ぜんぜん　ねむれません。

　　1．かたい　　2．やわらかい　　3．うすい　　4．こい

(3)　この　へんは　えきに　ちかいので　_____です。

　　1．にぎやか　　2．おだやか　　3．しずか　　4．ゆたか

(4)　この　くすりは　よく　ききますが、とても　_____です。

　　1．くるしい　　2．つらい　　3．にがい　　4．きたない

(5)　せんせいに　_____　ほんを　いただきました。

　　1．あかるい　　2．おもしろい　　3．いそがしい　　4．おおい

(6) やまださんは　からだが　＿＿＿＿＿＿＿ので、よく　かぜを　ひきます。

　　1．よわい　　2．つよい　　3．じょうぶな　　4．げんきな

(7) でんわを　したいのですが、＿＿＿＿＿＿＿　おかねが　ありません。

　　1．ちいさい　　2．すくない　　3．ほそい　　4．こまかい

(8) さいふを　おとして　こまって　いたら、＿＿＿＿＿＿＿　ひとが　おかねを　かして　くれました。

　　1．しんせつな　　2．ていねいな　　3．べんりな　　4．いじわるな

(9) なにも　することが　なくて　＿＿＿＿＿＿＿です。

　　1．ふべん　　2．たいくつ　　3．だいじょうぶ　　4．かんたん

(10) ぎゅうにゅうが　くさると　＿＿＿＿＿＿＿　なります。

　　1．あまく　　2．あかく　　3．すっぱく　　4．からく

問題VIII　次の　文の　＿＿＿＿＿＿＿の　ところに　何を　入れますか。1・2・3・4から　いちばん　いい　ものを　一つ　えらびなさい。

(1) えはがきを　だしたいんですが、いくらの　＿＿＿＿＿＿＿を　はれば　いいですか。

　　1．きっぷ　　2．きって　　3．ふうとう　　4．おかね

(2) たなかさんは　あの　あかい　＿＿＿＿＿＿＿を　して　いる　ひとです。

　　1．セーター　　2．シャツ　　3．ネクタイ　　4．ブラウス

(3) この　へんは　ディスコや　レストランが　おおいので、よるも　＿＿＿＿＿＿＿です。

　　1．おおい　　2．にぎやか　　3．げんき　　4．へいき

(4) たなかさんは　かっていた　いぬが　しんだので、とても　＿＿＿＿＿＿＿そうです。

　　1．かなし　　2．くるし　　3．いた　　4．うるさ

(5) あそこは　くるまが　おおいので　＿＿＿＿＿＿＿です。

　　1．はやい　　2．あぶない　　3．いそがしい　　4．ただしい

(6) バスが　でるまで　＿＿＿＿＿＿＿　じかんが　あります。

　　1．もう　　2．まだ　　3．ちょうど　　4．きょうに

(7) _____ しゅくだいが おわりました。2じかんも かかりました。

　1．きっと　　2．すぐ　　3．もう　　4．やっと

(8) この バスは えきを _____か。

　1．いきます　　2．きます　　3．とまります　　4．とおります

(9) あさは ひどい あめでしたが、ひるごろ _____。

　1．やみました　　2．やめました　　3．おわりました　　4．とまりました

(10) はい、おおきく いきを _____ ください。

　1．のんで　　2．すって　　3．たべて　　4．いれて

問題IX 次の 文の _____の ところに 何を 入れますか。1・2・3・4から いち
　　ばん いい ものを 一つ えらびなさい。

(1) スーパーは、_____を わたって、すぐです。

　1．えき　　2．はし　　3．ゆうびんきょく　　4．こうえん

(2) うけつけで、_____を はらって ください。

　1．きっぷ　　2．よやく　　3．おかね　　4．ていき

(3) ともだちが びょうきに なったので、_____に いきました。

　1．あいさつ　　2．おいわい　　3．おみまい　　4．おれい

(4) _____を わかして ください。

　1．ごはん　　2．おゆ　　3．さかな　　4．シャワー

(5) ねる まえに、_____を みがくのを、わすれない ように して ください。

　1．て　　2．かお　　3．は　　4．かみ

(6) かべに えが _____ あります。

　1．さげて　　2．かけて　　3．つけて　　4．おろして

(7) あめが ふって いる らしい。かさを _____ いる ひとが いる。

　1．あげて　　2．つれて　　3．さして　　4．もって

(8) なべの _____を あけて ください。

　　1．ふた　　2．せん　　3．と　　4．ふくろ

(9) わたしは まだ しごとが ありますから、むらたさんは _____ かえって ください。

　　1．あとで　　2．これまで　　3．さいきん　　4．さきに

(10) テレビを もって いない がくせいは、かずが _____。

　　1．すこし　　2．ちいさい　　3．うすい　　4．すくない

問題X　次の 文の _____の ところに 何を 入れますか。1・2・3・4から いちばん いい ものを 一つ えらびなさい。

(1) とうきょうの どうろは いつも _____ね。

　　1．いそがしいです　　2．とまって います　　3．こんで います　　4．おおいです

(2) この くつは ちょっと _____ですね。もう すこし おおきいのが ありますか。

　　1．せまい　　2．ほそい　　3．みじかい　　4．きつい

(3) わかった ひとは てを _____ ください。

　　1．して　　2．あげて　　3．さして　　4．きいて

(4) えきで _____ ひとに みちを きかれました。

　　1．みない　　2．おもわない　　3．しらない　　4．わからない

(5) こどもが かいだんから _____ けがを しました。

　　1．おちて　　2．おりて　　3．たおれて　　4．ころんで

(6) かべに ポスターが _____ あります。

　　1．つけて　　2．のせて　　3．はって　　4．おいて

(7) かべに _____を かきました。

　　1．え　　2．えのぐ　　3．ペンキ　　4．しゃしん

(8) まいあさ、_____を つれて、さんぽに いきます。

　　1．じてんしゃ　　2．こども　　3．コート　　4．ぼうし

(9) きのうの　よる、とても　つよい　＿＿＿＿＿＿が　ふきました。

　　1．あめ　　2．ゆき　　3．かぜ　　4．かみなり

(10) もうすぐ　＿＿＿＿＿＿が、さきそうです。

　　1．はな　　2．は　　3．くさ　　4．あめ

問題XI　次の　文の　＿＿＿＿＿＿の　ところに　何を　入れますか。1・2・3・4から　いち
　　ばん　いい　ものを　一つ　えらびなさい。

(1) にちようびは　＿＿＿＿＿＿　うちに　います。

　　1．ぜんぶ　　2．ぜんぜん　　3．たいてい　　4．あまり

(2) わたしは　おとうとより　せが　＿＿＿＿＿＿。

　　1．みじかい　　2．ひくい　　3．おおきい　　4．ながい

(3) おちゃを　＿＿＿＿＿＿から、ちょっと　まって　ください。

　　1．つくります　　2．いれます　　3．もちます　　4．わかします

(4) ＿＿＿＿＿＿に　しゃしんを　とりましょう。

　　1．ここ　　2．きねん　　3．みんな　　4．りょこう

(5) ろうそくの　ひが　＿＿＿＿＿＿そうです。

　　1．きえ　　2．けし　　3．やめ　　4．おち

(6) タクシーで　いけば、パーティーには　＿＿＿＿＿＿そうです。

　　1．つき　　2．おくれ　　3．いき　　4．まにあい

(7) あせを　＿＿＿＿＿＿ので、シャワーを　あびました。

　　1．でた　　2．だした　　3．かいた　　4．かわいた

(8) おもそうですね。すこし　にもつを　＿＿＿＿＿＿　あげましょう。

　　1．てつだって　　2．つれて　　3．かけて　　4．もって

(9) つごうが　＿＿＿＿＿＿なら、あしたに　しましょう。

　　1．ふべん　　2．わるい　　3．きらい　　4．いや

(10) かみのけの ような _____ せん。

　　1．みじかい　　2．ほそい　　3．うすい　　4．ちいさい

問題XII 次の 文の _____の ところに 何を 入れますか。1・2・3・4から いち
　　ばん いい ものを 一つ えらびなさい。

(1) かれは _____ くる はずです。

　　1．もし　　2．けっして　　3．どうぞ　　4．かならず

(2) _____ たかくても、ひろい うちに すみたいです。

　　1．たぶん　　2．すこしも　　3．たとえ　　4．あまり

(3) ちょっと _____から、でんきを つけましょうか。

　　1．くろい　　2．あかるい　　3．くらい　　4．かるい

(4) 1つ 250円ですから、4つで _____ 1000円です。

　　1．たいてい　　2．ほとんど　　3．たぶん　　4．ちょうど

(5) あぶないですから、_____ さわらないで ください。

　　1．ほとんど　　2．だいぶ　　3．ぜったいに　　4．かならず

(6) 4がつなのに あついですね。なつの _____ですね。

　　1．らしさ　　2．つもり　　3．こと　　4．よう

(7) あさ でんわを して くれた _____で、でんしゃに まにあいました。

　　1．おかげ　　2．せい　　3．よう　　4．ため

(8) かぜを ひいて くすりを のんだのですが、_____ よくなりません。

　　1．すこしも　　2．とても　　3．もう　　4．きっと

(9) としょかんで ほんを 3さつ _____。

　　1．かいました　　2．かりました　　3．かしました　　4．かきました

(10) 9がつに なって ずいぶん _____ なりました。

　　1．すずしく　　2．さむく　　3．あたたかく　　4．つめたく

語彙　同義文

問題I　次の　_____　の　文と　だいたい　同じ　いみの　文は　どれですか。1・2・3・
　　　　4から　いちばん　いい　ものを　一つ　えらびなさい。

(1)　ここは　としょかんです。

　　1．ここは　ほんを　かう　ところです。

　　2．ここは　ほんを　かりる　ところです。

　　3．ここは　ひとに　あう　ところです。

　　4．ここは　ひとと　はなしを　する　ところです。

(2)　ここは　きっさてんです。

　　1．ここは　えや　ちょうこくを　みる　ところです。

　　2．ここは　うんどうを　する　ところです。

　　3．ここは　たばこを　すう　ところです。

　　4．ここは　おちゃや　コーヒーを　のむ　ところです。

(3)　ここで　しょくじを　します。

　　1．ここは　しょくどうです。

　　2．ここは　かいぎしつです。

　　3．ここは　うけつけです。

　　4．ここは　おうせつしつです。

(4)　ここは　びょういんです。

　　1．ここは　びょうきを　なおして　もらう　ところです。

　　2．ここは　かみのけを　きって　もらう　ところです。

　　3．ここは　うんどうを　する　ところです。

　　4．ここは　えいがを　みる　ところです。

(5) ここは　くるまを　とめて　おく　ところです。

　　1．ここは　えきです。

　　2．ここは　ていりゅうじょです。

　　3．ここは　ちゅうしゃじょうです。

　　4，ここは　おくじょうです。

(6) ここは　みちを　わたる　ところです。

　　1．ここは　こうさてんです。

　　2．ここは　ふみきりです。

　　3．ここは　しゃどうです。

　　4．ここは　おうだんほどうです。

(7) ここは　くうこうです。

　　1．ここは　でんしゃに　のったり　おりたり　する　ところです。

　　2．ここは　ひこうきに　のったり　おりたり　する　ところです。

　　3．ここは　タクシーに　のったり　おりたり　する　ところです。

　　4．ここは　バスに　のったり　おりたり　する　ところです。

(8) ここは　そうこです。

　　1．ここは　みずを　ためて　おく　ところです。

　　2．ここは　でんきを　おこす　ところです。

　　3．ここは　ものを　つくる　ところです。

　　4．ここは　ものを　しまって　おく　ところです。

(9) ここは　かおや　てを　あらう　ところです。

　　1．ここは　ふろばです。

　　2．ここは　せんめんじょです。

　　3．ここは　だいどころです。

　　4．ここは　げんかんです。

(10) ここは　おかねを　あずけたり　かりたり　する　ところです。

　　1．ここは　けいさつです。

　　2．ここは　さいばんしょです。

　　3．ここは　ぎんこうです。

　　4．ここは　しょうぼうしょです。

問題Ⅱ　次の　＿＿＿＿＿の　文と　だいたい　同じ　いみの　文は　どれですか。1・2・3・
　　　　4から　いちばん　いい　ものを　一つ　えらびなさい。

(1)　やまださんは　「いってきます。」と　いいました。

　　1．やまださんは　いまから　ごはんを　たべます。

　　2．やまださんは　いまから　ねます。

　　3．やまださんは　いまから　どこかへ　いきます。

　　4．やまださんは　いまから　うちへ　かえります。

(2)　やまださんは　たなかさんに　「どうも　すみませんでした。」と　いいました。

　　1．やまださんは　たなかさんに　おれいを　いいました。

　　2．やまださんは　たなかさんに　おいわいを　いいました。

　　3．やまださんは　たなかさんに　あいさつを　しました。

　　4．やまださんは　たなかさんに　あやまりました。

(3)　やまださんは　たなかさんに　「おだいじに。」と　いいました。

　　1．やまださんは　たなかさんに　おれいを　いいました。

　　2．やまださんは　たなかさんに　おいわいを　いいました。

　　3．やまださんは　たなかさんに　あやまりました。

　　4．やまださんは　たなかさんに　おみまいを　いいました。

(4)　やまださんは　たなかさんに　あいさつを　しました。

　　1．やまださんは　たなかさんに　「おだいじに。」と　いいました。

　　2．やまださんは　たなかさんに　「どうも　ありがとう。」と　いいました。

　　3．やまださんは　たなかさんに　「おはよう　ございます。」と　いいました。

　　4．やまださんは　たなかさんに　「おめでとう　ございます。」と　いいました。

(5) やまださんは　たなかさんに　「きを　つけて　ください。」と　いいました。

　　1．やまださんは　たなかさんに　ちゅういしました。

　　2．やまださんは　たなかさんに　おれいを　いいました。

　　3．やまださんは　たなかさんに　あいさつを　しました。

　　4．やまださんは　たなかさんに　あやまりました。

(6) やまださんは　たなかさんに　「おひさしぶりですね。」と　いいました。

　　1．やまださんは　たなかさんに　まいにち　あいます。

　　2．やまださんは　たなかさんに　おととい　あいました。

　　3．やまださんは　たなかさんに　しばらく　あいませんでした。

　　4．やまださんは　たなかさんに　はじめて　あいました。

(7) やまださんは　たなかさんに　「おめでとう　ございます。」と　いいました。

　　1．やまださんは　たなかさんに　おれいを　いいました。

　　2．やまださんは，たなかさんに　おいわいを　いいました。

　　3．やまださんは　たなかさんに　おわびを　しました。

　　4．やまださんは　たなかさんに　おみまいを　いいました。

(8) やまださんは　たなかさんに　「いい　とけいですね。」と　いいました。

　　1．やまださんは　たなかさんの　とけいを　ほめました。

　　2．やまださんは　たなかさんに　もんくを　いいました。

　　3．やまださんは　たなかさんに　あいさつを　しました。

　　4．やまださんは　たなかさんに　あやまりました。

(9) やまださんは　かいしゃを　でて　うちへ　かえります。

　　1．やまださんは　「いただきます。」と　いいました。

　　2．やまださんは　「ただいま。」と　いいました。

　　3．やまださんは　「おかえりなさい。」と　いいました。

　　4．やまださんは　「おさきに。」と　いいました。

(10) やまださんは　たなかさんに　「がんばって　ください。」と　いいました。

　　1．やまださんは　たなかさんを　おうえんしました。

　　2．やまださんは　たなかさんに　もんくを　いいました。

　　3．やまださんは　たなかさんに　ちゅういしました。

　　4．やまださんは　たなかさんに　あいさつしました。

問題III　次の　＿＿＿＿の　文と　だいたい　同^{おな}じ　いみの　文は　どれですか。1・2・3・

　　　　4から　いちばん　いい　ものを　一つ　えらびなさい。

(1)　やまださんは　しけんに　おちました。

　　1．やまださんは　しけんを　うけました。

　　2．やまださんは　しけんを　うけませんでした。

　　3．やまださんは　しけんに　ごうかくしませんでした。

　　4．やまださんは　しけんで　いい　せいせきを　とりました。

(2)　やまださんは　びょういんに　つとめて　います。

　　1．やまださんは　おいしゃさんです。

　　2．やまださんは　かんごふさんです。

　　3．やまださんは　びょういんで　はたらいて　います。

　　4．やまださんは　びょういんに　かよって　います。

(3)　やまださんは　でんしゃで　つうきんして　います。

　　1．やまださんは　でんしゃで　はいしゃに　いきます。

　　2．やまださんは　でんしゃで　えいがに　いきます。

　　3．やまださんは　でんしゃで　がっこうに　いきます。

　　4．やまださんは　でんしゃで　しごとに　いきます。

(4) やまださんは　うちで　ふくしゅうを　しました。

　　1．やまださんは　きょう　がっこうで　べんきょうした　ことを　うちで　もう　いちど
　　　べんきょうしました。

　　2．やまださんは　あした　がっこうで　べんきょうする　ところを　うちで　よみました。

　　3．やまださんは　うちで　ひとりで　べんきょうしました。

　　4．やまださんは　うちで　なんども　れんしゅうを　しました。

(5) きょうは　しょくよくが　ありません。

　　1．きょうは　げんきが　ありません。

　　2．きょうは　たべものを　たべたく　ありません。

　　3．きょうは　しごとを　したく　ありません。

　　4．きょうは　なにも　したく　ありません。

(6) やまださんは　だいがくを　そうぎょうしました。

　　1．やまださんは　だいがくに　はいりました。

　　2．やまださんは　だいがくを　やめました。

　　3．やまださんは　だいがくを　でました。

　　4．やまださんは　だいがくに　すすみました。

(7) この　でんしゃは　いつも　こんで　います。

　　1．この　でんしゃは　いつも　ひとが　たくさん　のって　います。

　　2．この　でんしゃは　いつも　ひとが　ほとんど　のって　いません。

　　3．この　でんしゃは　いつも　すぐ　きます。

　　4．この　でんしゃは　いつも　なかなか　きません。

(8) たなかさんの　おくさんは　びじんです。

　　1．たなかさんの　おくさんは　しんせつな　ひとです。

　　2．たなかさんの　おくさんは　やさしい　ひとです。

　　3．たなかさんの　おくさんは　きれいな　ひとです。

　　4．たなかさんの　おくさんは　あかるい　ひとです。

(9) やまださんは　でかけて　います。

　　1．やまださんは　ひっこしました。

　　2．やまださんは　うちに　います。

　　3．やまださんは　るすです。

　　4．やまださんは　おやすみです。

(10) ようやく　よが　あけました。

　　1．まもなく　あさに　なりました。

　　2．やっと　あさに　なりました。

　　3．やがて　あさに　なりました。

　　4．ゆっくりと　あさに　なりました。

問題IV 次の＿＿＿＿＿の　文と　だいたい　同(おな)じ　いみの　文は　どれですか。1・2・3・

　　　　4から　いちばん　いい　ものを　一つ　えらびなさい。

(1) ここは　あんぜんです。

　　1．ここは　きけんです。

　　2．ここは　あぶないです。

　　3．ここは　あぶなく　ありません。

　　4．ここは　だいじょうぶでは　ありません。

(2) わたしは　ちょうなんです。

　　1．わたしは　いちばん　うえの　むすこです。

　　2．わたしは　いちばん　したの　むすこです。

　　3．わたしは　いちばん　うえの　むすめです。

　　4．わたしは　いちばん　したの　むすめです。

(3) みずが　ふそくして　います。

　　1．みずが　たくさん　あります。

　　2．みずが　ぜんぜん　ありません。

　　3．みずが　かなり　あります。

　　4．みずが　たりません。

(4) けいかくが せいこうしました。

　　1. けいかくを じっこうしました。

　　2. けいかくが だめに なりました。

　　3. けいかくが うまく いきました。

　　4. けいかくを たてました。

(5) にちようびには せんたくを します。

　　1. にちようびには かおを あらいます。

　　2. にちようびには からだを あらいます。

　　3. にちようびには ふくを あらいます。

　　4. にちようびには くるまを あらいます。

(6) バスで つうがくして います。

　　1. バスに のって まいにち かいしゃへ いきます。

　　2. バスに のって まいにち がっこうへ いきます。

　　3. バスに のって まいにち しごとに いきます。

　　4. バスに のって まいにち こうえんへ いきます。

(7) きょうは ひえますね。

　　1. きょうは あたたかいですね。

　　2. きょうは すずしいですね。

　　3. きょうは さむいですね。

　　4. きょうは いやな てんきですね。

(8) しらせを きいて とても おどろきました。

　　1. しらせを きいて とても びっくりしました。

　　2. しらせを きいて とても よろこびました。

　　3. しらせを きいて とても かなしみました。

　　4. しらせを きいて とても がっかりしました。

(9) やまださんは　たなかさんを　うたがって　います。

　　1．やまださんは　たなかさんを　しんじて　います。

　　2．やまださんは　たなかさんの　しんゆうです。

　　3．やまださんは　たなかさんを　しんじて　いません。

　　4．やまださんは　たなかさんを　しんじます。

(10) あの　ことは　ひみつに　して　おいて　ください。

　　1．あの　ことは　もう　わすれて　ください。

　　2．あれは　だいじな　ことでは　ありません。

　　3．あの　ことは　みんなが　しって　います。

　　4．あの　ことは　だれにも　いっては　いけません。

問題V　次の　＿＿＿＿の　文と　だいたい　同じ　いみの　文は　どれですか。1・2・3・
　　　　4から　いちばん　いい　ものを　一つ　えらびなさい。

(1) あの　ぼうしは　おおきそうです。

　　1．まだ　かぶって　いませんが　たぶん　おおきいでしょう。

　　2．かぶって　みましたが　おおきいです。

　　3．ひとの　はなしに　よると　あの　ぼうしは　おおきいらしいです。

　　4．あの　ぼうしは　あなたには　おおきいです。

(2) さいきん　ちゅうごくごを　ならう　ひとが　ずいぶん　ふえました。

　　1．さいきん　ちゅうごくごを　ならう　ひとが　すこし　おおく　なりました。

　　2．さいきん　ちゅうごくごを　ならう　ひとが　あまり　いません。

　　3．さいきん　ちゅうごくごを　ならう　ひとが　だいぶ　おおく　なりました。

　　4．さいきん　ちゅうごくごを　ならう　ひとが　かなり　すくなく　なりました。

(3) つい わらって しまいました。

　　1．おかしかったら いつでも わらう つもりでした。

　　2．おかしくても わらっては いけないと おもいます。

　　3．わらっては いけないと おもったので、わらいませんでした。

　　4．わらう つもりでは ありませんでしたが、がまん できませんでした。

(4) できるだけ はやく きて ください。

　　1．できたら はやく きて ください。

　　2．なるべく はやく きて ください。

　　3．かならず はやく きて ください。

　　4．ちょっと はやく きて ください。

(5) しんぶんに こうこくを たのみました。

　　1．しんぶんに こうこくを おねがい しました。

　　2．しんぶんの こうこくを つくっています。

　　3．しんぶんの こうこくを よみました。

　　4．しんぶんの こうこくを かきました。

(6) おもいきって しごとを かえる ことに した。

　　1．がまんできなくて、しごとを かえる ことに した。

　　2．あきらめて、しごとを かえる ことに した。

　　3．もういちど よく かんがえて、しごとを かえる ことに した。

　　4．ふあんが あったが、ゆうきを だして、しごとを かえる ことに した。

(7) せいじかは たくさんの しんぶんきしゃに かこまれた。

　　1．せいじかの まわりに しんぶんきしゃが たくさん あつまった。

　　2．せいじかは たくさんの しんぶんきしゃに しつもんされた。

　　3．せいじかは しんぶんきしゃを たくさん よんだ。

　　4．せいじかは しんぶんきしゃに いろいろなことを かかれた。

(8) らいねん くにへ かえる つもりです。

　　1．らいねん くにへ かえろうと おもいます。

　　2．らいねん くにへ かえらなければ なりません。

　　3．らいねん くにへ かえらないでしょう。

　　4．らいねん くにへ かえりたがって います。

(9) いくら よんでも、わかりません。

　　1．なんかいも よみましたが、わかりません。

　　2．なんかいも よめば、わかるでしょう。

　　3．なんかいも よんだら、わかるでしょう。

　　4．なんかいも よまないと、わかりません。

(10) ともだちが ひとりも いません。

　　1．ともだちが ひとりしか いません。

　　2．ともだちが ぜんぜん いません。

　　3．ともだちが すこししか いません。

　　4．ともだちが あまり いません。

問題Ⅵ 次の ＿＿＿＿の 文と だいたい 同じ いみの 文は どれですか。1・2・3・
　　　　4から いちばん いい ものを 一つ えらびなさい。

(1) ゆうべ やまださんが あそびに きました。

　　1．この まえの どようび やまださんが あそびに きました。

　　2．きょうの あさ やまださんが あそびに きました。

　　3．きょうの よる やまださんが あそびに きました。

　　4．きのうの よる やまださんが あそびに きました。

(2) せんせいに おれいを いいました。

　　1．せんせいに 「ごめんなさい。」と いいました。

　　2．せんせいに 「ありごとうございます。」と いいました。

　　3．せんせいに 「おげんきですか。」と いいました。

　　4．せんせいに 「ごくろうさまでした。」と いいました。

(3) りんごは　ぜんぶで　500円です。

  1．りんごは　ひとつ　500円です。

  2．りんごは　みんなで　500円です。

  3．りんごは　ぜんぶ　500円です。

  4．りんごは　どれも　500円です。

(4) ちょうど　たべおわった　ところです。

  1．もうすぐ　たべおわります。

  2．だいぶ　まえに　たべおわりました。

  3．いま　たべおわりました。

  4．まだ　たべおわりません。

(5) しけんに　しっぱいしました。

  1．しけんが　だめでした。

  2．しけんが　はじまりました。

  3．しけんが　うまく　いきました。

  4．しけんが　できました。

(6) つくえの　うえを　かたづけて　おいて　ください。

  1．つくえの　うえを　きれいに　して　ください。

  2．つくえの　うえを　ふいて　ください。

  3．つくえの　うえを　みがいて　ください。

  4．つくえの　うえを　かざって　ください。

(7) こどもの　かずが　へって　きて　います。

  1．こどもの　かずが　おおく　なって　きて　います。

  2．こどもの　かずが　すくなく　なって　きて　います。

  3．こどもの　かずが　かわりません。

  4．こどもの　かずが　ふえて　きて　います。

(8) えきへ いく バスは こんで います。

  1. えきへ いく バスは なかなか きません。

  2. えきへ いく バスは すぐ きます。

  3. えきへ いく バスは ひとが たくさん のって います。

  4. えきへ いく バスは たくさん あります。

(9) ともだちに ひっこしの てつだいを たのみました。

  1. ともだちの ひっこしを てつだいました。

  2. ともだちが ひっこしを てつだって くれと いいました。

  3. ともだちに ひっこしを てつだって もらいました。

  4. ともだちに ひっこしを てつだって くれと いいました。

(10) びょういんに つとめて います。

  1. びょういんへ おみまいに いきます。

  2. びょういんに にゅういんして います。

  3. びょういんで はたらいて います。

  4. びょうきで びょういんへ いきます。

問題VII 次の＿＿＿の 文と だいたい 同<ruby>同<rt>おな</rt></ruby>じ いみの 文は どれですか。1・2・3・
　　　　4から いちばん いい ものを 一つ えらびなさい。

(1) なにも たべる ものが ありません。

  1. ぜんぜん たべる ものが ありません。

  2. すこししか たべる ものが ありません。

  3. ほとんど たべる ものが ありません。

  4. なにか たべる ものが あります。

(2) はこに リボンを しまいました。

  1. はこに リボンを いれました。

  2. はこに リボンを つけました。

  3. はこを リボンで しばりました。

  4. はこを リボンで かざりました。

(3) パーティーを ひらきました。

　　1．パーティーに しょうたいされました。

　　2．パーティーが おわりました。

　　3．パーティーを しました。

　　4．パーティーに いきました。

(4) でんしゃに まにあいませんでした。

　　1．でんしゃが おくれて ちこくしました。

　　2．でんしゃの きっぷを なくして のれませんでした。

　　3．でんしゃの じかんに おくれて のれませんでした。

　　4．でんしゃが こんで いて のれませんでした。

(5) あした いとうさんの おたくへ うかがおうと おもって います。

　　1．あした いとうさんの うちへ いこうと おもって います。

　　2．あした いとうさんの かいしゃへ いこうと おもって います。

　　3．あした いとうさんの おくさんに きこうと おもって います。

　　4．あした いとうさんの おとうさんに きこうと おもって います。

(6) あしたの しゅっぱつは 7じです。

　　1．あした 7じに つきます。

　　2．あした 7じに かえります。

　　3、あした 7じに とどきます。

　　4．あした 7じに でかけます。

(7) らいげつ りょうしんが にほんへ きます。

　　1．らいげつ おじいさんと おばあさんが にほんへ きます。

　　2．らいげつ おにいさんと おねえさんが にほんへ きます。

　　3．らいげつ おとうさんと おかあさんが にほんへ きます。

　　4．らいげつ ともだちが にほんへ きます。

(8) よなかに でんわで おこされました。

   1．あさ はやく でんわで おこされました。

   2．あさ 9じごろに でんわで おこされました。

   3．ゆうがた でんわで おこされました。

   4．よる おそく でんわで おこされました。

(9) あまり にほんごを はなす きかいが ありません。

   1．あまり にほんごを はなした ことが ありません。

   2．あまり にほんごを はなす ことが ありません。

   3．あまり にほんごが はなせません。

   4．あまり にほんごを はなしたく ありません。

(10) わたしは らいねん くにへ かえる よていです。

   1．らいねん くにへ かえる はずです。

   2．らいねん くにへ かえるかも しれません。

   3．らいねん くにへ かえる つもりです。

   4．らいねん くにへ かえるか どうか わかりません。

問題Ⅷ 次の ＿＿＿＿＿の 文と だいたい 同（おな）じ いみの 文は どれですか。1・2・3・
   4から いちばん いい ものを 一つ えらびなさい。

(1) かおいろが わるいですね。どうしたんですか。

   1．たのしそうですね。どうしたんですか。

   2．うれしそうですね。どうしたんですか。

   3．かおが あかいですね。どうしたんですか。

   4．かおが あおいですね。どうしたんですか。

64

(2) にほんの　かいしゃで　はたらいた　けいけんが　ありません。

　　1．にほんの　かいしゃで　はたらく　つもりでした。

　　2．にほんの　かいしゃで　はたらきたく　ありません。

　　3．にほんの　かいしゃで　はたらいた　ことが　ありません。

　　4．にほんの　かいしゃで　はたらかなくても　いいです。

(3) にほんごを　べんきょうする　ひとが　ふえて　きました。

　　1．にほんごを　べんきょうする　ひとが　おおすぎます。

　　2．にほんごを　べんきょうする　ひとが　すくなすぎます。

　　3．にほんごを　べんきょうする　ひとが　おおくなって　きました。

　　4．にほんごを　べんきょうする　ひとが　すくなく　なって　きました。

(4) てがみを　よんで　あんしんしました。

　　1．てがみを　よんで　しんぱいしました。

　　2．てがみを　よんで　しんぱいそうでした。

　　3．てがみを　よんで　きもちが　わるく　なりました。

　　4．てがみを　よんで　しんぱいが　なくなりました。

(5) たなかさんと　がっこうの　ことを　そうだんします。

　　1．たなかさんに　がっこうの　ことを　おしえます。

　　2．たなかさんに　がっこうの　ことを　いいます。

　　3．たなかさんと　がっこうの　ことを　はなしあいます。

　　4．たなかさんを　がっこうへ　さそいます。

(6) バスは　もう　くる　はずです。

　　1．バスが　こなければ　ならない　じかんです。

　　2．バスは　もう　いって　しまいました。

　　3．バスは　もう　こないでしょう。

　　4．バスが　はやく　きて　ほしいと　おもいます。

(7) じかんが、たりないかも　しれません。

　　１．じかんが、たりません。

　　２．じかんは、たります。

　　３．じかんが、たりない　ことも　あるでしょう。

　　４．じかんは、たりなくても　かまいません。

(8) やまださんは　つごうが　わるいんだそうです。

　　１．やまださんは　つごうが　わるそうです。

　　２．やまださんは　つごうが　わるいと　いっています。

　　３．やまださんは　つごうが　わるいのかも　しれません。

　　４．やまださんは　つごうが　わるいんだろうと　おもいます。

(9) この　しごとは　なかむらさんに　おねがいしようと　おもう。

　　１．この　しごとは　なかむらさんに　させようと　おもう。

　　２．この　しごとは　なかむらさんに　して　もらおうと　おもう。

　　３．この　しごとは　なかむらさんに　して　あげようと　おもう。

　　４．この　しごとは　なかむらさんに　されようと　おもう。

(10) では、あしたの　ごご、けんきゅうしつに　おじゃまします。

　　１．あしたの　ごご、けんきゅうしつへ　いきます。

　　２．あしたの　ごご、けんきゅうしつで　ききます。

　　３．あしたの　ごご、けんきゅうしつで　はなします。

　　４．あしたの　ごご、けんきゅうしつへ　おくります。

3級
練習問題

聴解

聴解

　　三級的聽力測驗內容是每天的生活當中常常聽得到的話題，例如：男女間的短暫對話，或是天氣預報時播音員的播報內容，或是會議時兩、三人間的對話等。

　　試題分三部份，在開始時一定會有說明例，因此要注意聽、答題時，不僅是正確答案，連不正確的部份也要在各自答案欄裏一併畫出，這點一定要小心。

　　第一部份是看圖回答問題，在真正考試時，因為題目很多，所以即使有一、兩題不太明瞭的地方也不能考慮太多，以免影響以後的答題。通常題目在開頭和結束時會各說一次，也有在開始時先做說明，最後只重覆問題的情形，答題的時間大約是10～15秒，若有餘裕，不妨先看看下個圖形題。

　　第二、三部份沒有圖，不過都是在開頭和結束時會各說一次題目。但是從四個選項當中選出一個正確答案時，則只說一次，不重覆，因此，邊聽答案一邊就要開始做答，若等到全部答案唸完後才開始做答將會來不及。

　　第二部份的考題形式是回答有關表示時間的數字，或是場所等關鍵部份。第三部份則是要抓住談話的內容，回答其理由、結果等，且其答案有時顯得過長，但不管是哪一部份的問題，即使有聽不懂的部份也沒關係，只要會回答即可。另外，在第二部份的題目，通常與主題無關的句子都顯得比較長。

第 1 回

テープを きいて「正しい」「正しくない」の しつもんに 答えて ください。
問題Iは 絵を 見ながら テープを 聞いて 答えて ください。

問題I

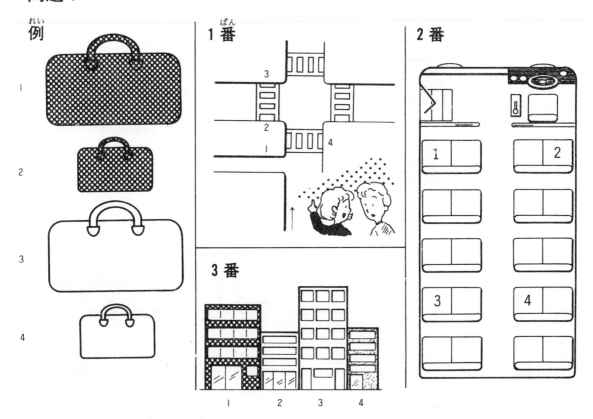

例

1 2 3 4

1番

2番

3番

1 2 3 4

解答用紙

		問題I 解答欄			問題II 解答欄			問題III 解答欄
例	正しい	● ② ③ ④	例	正しい	① ● ③ ④	例	正しい	① ● ③ ④
	正しくない	① ● ● ●		正しくない	● ② ● ●		正しくない	● ② ● ●
1	正しい	① ② ③ ④	1	正しい	① ② ③ ④	1	正しい	① ② ③ ④
	正しくない	① ② ③ ④		正しくない	① ② ③ ④		正しくない	① ② ③ ④
2	正しい	① ② ③ ④	2	正しい	① ② ③ ④	2	正しい	① ② ③ ④
	正しくない	① ② ③ ④		正しくない	① ② ③ ④		正しくない	① ② ③ ④
3	正しい	① ② ③ ④	3	正しい	① ② ③ ④	3	正しい	① ② ③ ④
	正しくない	① ② ③ ④		正しくない	① ② ③ ④		正しくない	① ② ③ ④

第 2 回

テープを きいて 「正しい」「正しくない」の しつもんに 答えて ください。
問題Iは 絵を 見ながら テープを 聞いて 答えて ください。

問題 I

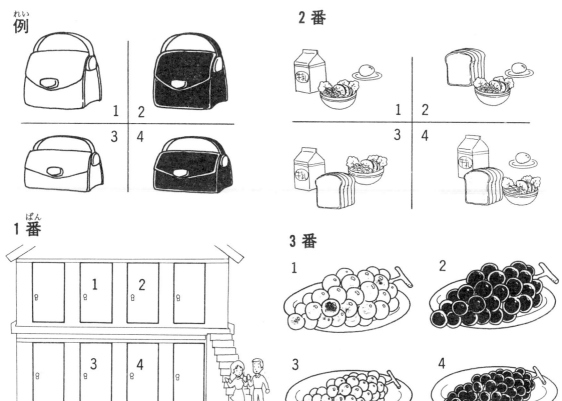

例

1 番

2 番

3 番

解答用紙

		問題 I 解答欄		問題 II 解答欄		問題 III 解答欄
例	正しい	① ② ● ④	例 正しい	① ② ③ ●	例 正しい	● ② ③ ④
	正しくない	● ● ③ ●	正しくない	● ● ● ④	正しくない	① ● ● ●
1	正しい	① ② ③ ④	1 正しい	① ② ③ ④	1 正しい	① ② ③ ④
	正しくない	① ② ③ ④	正しくない	① ② ③ ④	正しくない	① ② ③ ④
2	正しい	① ② ③ ④	2 正しい	① ② ③ ④	2 正しい	① ② ③ ④
	正しくない	① ② ③ ④	正しくない	① ② ③ ④	正しくない	① ② ③ ④
3	正しい	① ② ③ ④	3 正しい	① ② ③ ④	3 正しい	① ② ③ ④
	正しくない	① ② ③ ④	正しくない	① ② ③ ④	正しくない	① ② ③ ④

第 3 回

テープを きいて 「正しい」「正しくない」の しつもんに 答えて ください。
問題Ⅰは 絵を 見ながら テープを 聞いて 答えて ください。

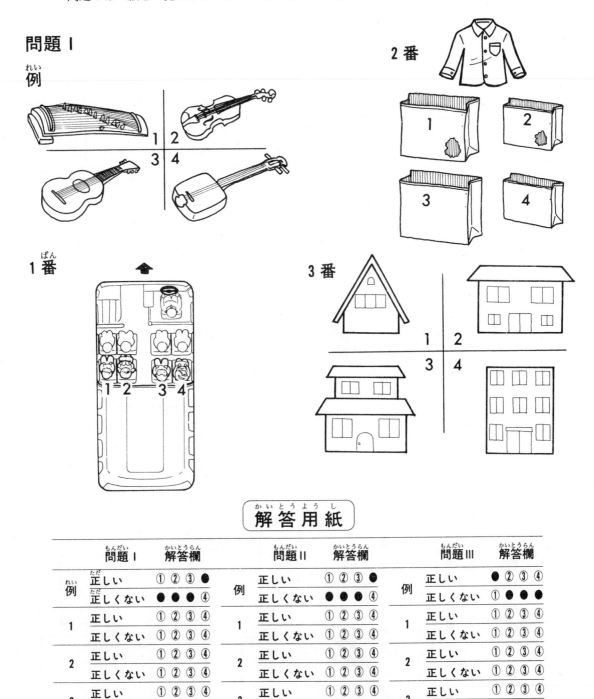

問題Ⅰ

例

1番

2番

3番

解答用紙

		問題Ⅰ 解答欄			問題Ⅱ 解答欄			問題Ⅲ 解答欄
例	正しい	① ② ③ ●	例	正しい	① ② ③ ●	例	正しい	● ② ③ ④
	正しくない	● ● ● ④		正しくない	● ● ● ④		正しくない	① ● ● ●
1	正しい	① ② ③ ④	1	正しい	① ② ③ ④	1	正しい	① ② ③ ④
	正しくない	① ② ③ ④		正しくない	① ② ③ ④		正しくない	① ② ③ ④
2	正しい	① ② ③ ④	2	正しい	① ② ③ ④	2	正しい	① ② ③ ④
	正しくない	① ② ③ ④		正しくない	① ② ③ ④		正しくない	① ② ③ ④
3	正しい	① ② ③ ④	3	正しい	① ② ③ ④	3	正しい	① ② ③ ④
	正しくない	① ② ③ ④		正しくない	① ② ③ ④		正しくない	① ② ③ ④

テープを きいて 「正しい」「正しくない」の しつもんに 答えて ください。
問題Ⅰは 絵を 見ながら テープを 聞いて 答えて ください。

問題Ⅰ

例

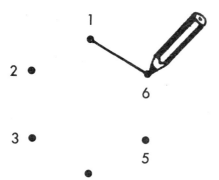 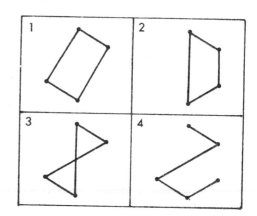

1番

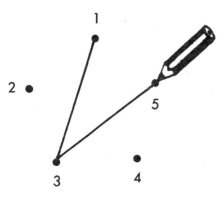 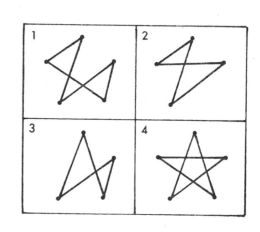

2番

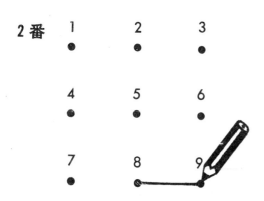 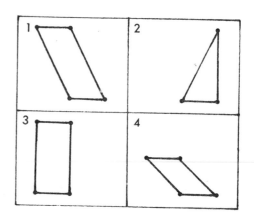

72

3番

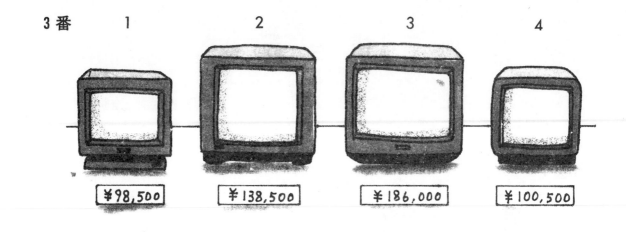

1 ¥98,500　2 ¥138,500　3 ¥186,000　4 ¥100,500

4番

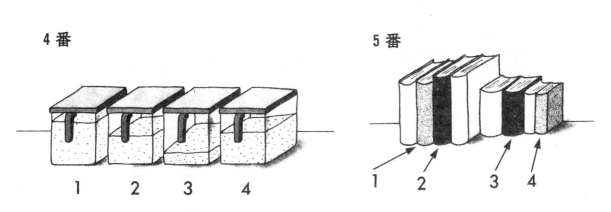

1　2　3　4

5番

1　2　3　4

解答用紙（かいとうようし）

		問題Ⅰ（もんだい）	解答欄（かいとうらん）		問題Ⅱ（もんだい）	解答欄（かいとうらん）		問題Ⅲ（もんだい）	解答欄（かいとうらん）
例（れい）	正しい（ただ）	● ② ③ ④	例	正しい	① ● ③ ④	例	正しい	① ● ③ ④
	正しくない（ただ）	① ● ● ●		正しくない	● ② ● ●		正しくない	● ② ● ●
1	正しい	① ② ③ ④	1	正しい	① ② ③ ④	1	正しい	① ② ③ ④
	正しくない	① ② ③ ④		正しくない	① ② ③ ④		正しくない	① ② ③ ④
2	正しい	① ② ③ ④	2	正しい	① ② ③ ④	2	正しい	① ② ③ ④
	正しくない	① ② ③ ④		正しくない	① ② ③ ④		正しくない	① ② ③ ④
3	正しい	① ② ③ ④	3	正しい	① ② ③ ④	3	正しい	① ② ③ ④
	正しくない	① ② ③ ④		正しくない	① ② ③ ④		正しくない	① ② ③ ④
4	正しい	① ② ③ ④						
	正しくない	① ② ③ ④						
5	正しい	① ② ③ ④						
	正しくない	① ② ③ ④						

テープを きいて 「正しい」「正しくない」の しつもんに 答えて ください。
問題Iは 絵を 見ながら テープを 聞いて 答えて ください。

問題I

例

1番

2番

3番

4番

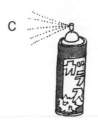

1. A→B→C
2. A→C→B
3. B→C→A
4. C→A→B

5番

解答用紙 (かいとうようし)

	問題I (もんだい)	解答欄 (かいとうらん)		問題II (もんだい)	解答欄 (かいとうらん)		問題III (もんだい)	解答欄 (かいとうらん)
例 (れい)	正しい (ただ)	● ② ③ ④	例	正しい	① ● ③ ④	例	正しい	① ● ③ ④
	正しくない (ただ)	① ● ● ●		正しくない	● ② ● ●		正しくない	● ② ● ●
1	正しい	① ② ③ ④	1	正しい	① ② ③ ④	1	正しい	① ② ③ ④
	正しくない	① ② ③ ④		正しくない	① ② ③ ④		正しくない	① ② ③ ④
2	正しい	① ② ③ ④	2	正しい	① ② ③ ④	2	正しい	① ② ③ ④
	正しくない	① ② ③ ④		正しくない	① ② ③ ④		正しくない	① ② ③ ④
3	正しい	① ② ③ ④	3	正しい	① ② ③ ④	3	正しい	① ② ③ ④
	正しくない	① ② ③ ④		正しくない	① ② ③ ④		正しくない	① ② ③ ④
4	正しい	① ② ③ ④						
	正しくない	① ② ③ ④						
5	正しい	① ② ③ ④						
	正しくない	① ② ③ ④						

３級
練習問題

読解・文法

読解

三級的日本語能力測驗讀解問題是先讀完一短句或會話，然後選出相同意思的句子和五百～六百字的長篇綜合問題。

在選擇相同的意思的考題部份要注意題目和它的回答，有時可能會有難以理解的地方，但只要了解被動、使役、傳聞、假定、比較等基本用法後就不那麼難了。

至於長篇的綜合考題要先看題目後看本文。如此一來不僅可知需注意的部份，且不會浪費時間。有時常會因時間不夠，以致本來會的問題也因無法安心作答而弄錯。

想要迅速、正確理解題義，有賴於多讀各式各樣的文章，且與其讀難的文章，不如多唸一些簡單的短編，因為以往的長篇考題內容往往不出於書信文、日記等日常生活中的話題範疇外。

文法

三級的日本語能力測驗需要具備基本的文法程度，其題型是在考題〞＿＿＿＿〞的部份及會話句的〞＿＿＿＿〞部份填入適當詞彙。

因此有關助詞、動詞、形容詞的活用型，副詞與句末關係及授受關係的表現、敬語、「～ている」「～てある」「～ておく」「てしまう」「～たほうがいい」「～ことがない」等要好好複習。

無論是哪種問題，即使不太懂意思，也要嘗試將四個選項套入句中然後找出能完成一正確句子的答案來，如此，或許就能了解其意義。所以，千萬不要灰心哦！

文法　適語の選択（その1）

問題Ⅰ　＿＿＿の ところに どんな ことばを 入れたら いいですか。1・2・3・4か
ら いちばん いい ものを 一つ えらびなさい。

(1) 日本には 来年の 3月＿＿＿＿ いる つもりです。

　　1．に　　2．まで　　3．から　　4．で

(2) きょうは、早く 帰れる＿＿＿＿ おもいます。

　　1．が　　2．の　　3．か　　4．と

(3) まど＿＿＿＿ あいて いるから、さむかったんですね。

　　1．を　　2．に　　3．が　　4．は

(4) そのへやは、ほかの 人＿＿＿＿ 使って います。

　　1．を　　2．で　　3．は　　4．が

(5) この 問題＿＿＿＿ ついて 何か しつもんは ありませんか。

　　1．に　　2．が　　3．で　　4．は

(6) この 時計は 入学の おいわい＿＿＿＿ もらいました。

　　1．と　　2．に　　3．を　　4．が

(7) わたしが リーさん＿＿＿＿ あんないして あげましょう。

　　1．を　　2．に　　3．から　　4．が

(8) その 仕事は、わたし＿＿＿＿ やらせて ください。

　　1．は　　2．が　　3．に　　4．を

(9) 日本の れきし＿＿＿＿ かんしんを もって います。

　　1．に　　2．を　　3．が　　4．と

(10) この 手紙は 田中さん＿＿＿＿ なおして もらいました。

　　1．から　　2．は　　3．が　　4．に

問題II _____の ところに どんな ことばを 入れたら いいですか。1・2・3・4
から いちばん いい ものを 一つ えらびなさい。

(1) あの 店は、朝 8 時半_____あいて います。

  1．から　　2．に　　3．で　　4．は

(2) いろいろな 人_____、川中さんの ことを 聞きました。

  1．から　　2．まで　　3．で　　4．と

(3) 時間が ない_____、いそぎましょう。

  1．のに　　2．ので　　3．には　　4．のは

(4) コンピューターの 勉強を するため_____、日本へ 来ました。

  1．が　　2．で　　3．に　　4．は

(5) 朝 早く 行った_____、きっぷは 買えませんでした。

  1．のに　　2．のは　　3．ので　　4．でも

(6) よく 勉強した_____、試験は かんたんでした。

  1．のに　　2．だから　　3．から　　4．なら

(7) いくら 働い_____、給料は 同じです。

  1．たら　　2．のに　　3．ては　　4．ても

(8) きょうは 天気が いい_____、せんたくを しようと 思って います。

  1．で　　2．ので　　3．が　　4．のに

(9) そんなに いそいで 食べる_____、のどに つまりますよ。

  1．し　　2．か　　3．は　　4．と

(10) 本_____読んで いないで、たまには 外へ 出ませんか。

  1．さえ　　2．しか　　3．も　　4．ばかり

問題Ⅲ ＿＿＿の ところに どんな ことばを 入れたら いいですか。1・2・3・4
から いちばん いい ものを 一つ えらびなさい。

(1) この 紙 ＿＿＿えんぴつで 書いて ください。

　1．を　　2．の　　3．で　　4．に

(2) 子どもの とき、わたしは よく 母＿＿＿ 買い物に 行かされました。

　1．を　　2．が　　3．に　　4．は

(3) 山田さん＿＿＿ てつだって くれました。

　1．に　　2．が　　3．を　　4．で

(4) つぎの 試験は いつ＿＿＿ いいですか。

　1．が　　2．に　　3．で　　4．は

(5) この 本は ぜんぶ 英語＿＿＿ 書かれて います。

　1．で　　2．を　　3．に　　4．は

(6) かぎを なくしたので、まど＿＿＿ 入りました。

　1．を　　2．から　　3．で　　4．に

(7) まっすぐ 行くと 広い 道＿＿＿ 出ます。

　1．を　　2．で　　3．に　　4．は

(8) かばんの 中＿＿＿ 定期券を 出しました。

　1．で　　2．に　　3．へ　　4．から

(9) 病気に なって、両親＿＿＿ 心配させました。

　1．は　　2．が　　3．を　　4．に

(10) これは 木と 紙＿＿＿ つくった 人形です。

　1．に　　2．を　　3．で　　4．が

問題IV _____の ところに どんな ことばを 入れたら いいですか。1・2・3・4か
ら いちばん いい ものを 一つ えらびなさい。

(1) 「ミルクと レモン、_____が いいですか。」
「あ、ミルクを おねがいします。」
1．どれ　　2．どの　　3．どちら　　4．どんな

(2) 田中さんの 結婚の おいわいですが、ひとり _____に しますか。
1．いくつ　　2．いくら　　3．なに　　4．なん

(3) この 手紙は _____ 来たのでしょう。かわった 切手 ですね。
1．どこから　　2．どこまで　　3．どこへ　　4．どこに

(4) 「この 仕事は _____ しあげれば いいですか。」
「来週の はじめ ぐらいに おねがいします。」
1．いつぐらい　　2　いつか　　3．いつに　　4．いつまでに

(5) 「京都の ホテルは _____でしたか。」
「よかったんですが、高くて 高くて。コーヒーが いっぱい 800円も するんです。」
1．いかが　　2．いくら　　3．どちら　　4．どこ

(6) ここに ある 本は _____ かりる ことが できます。
1．どれほど　　2．どれだけ　　3．どれでも　　4．どれにも

(7) _____ わるい ものでも 食べたんでしょうか。きもちが わるいんです。
1．なにも　　2．なにか　　3．なんでも　　4．なんにも

(8) 国際電話を かけたいんですが、_____ いいですか。
1．どちらが　　2．どうやって　　3．どうすれば　　4．どうして

(9) 田中さんは、スポーツは _____ できますか。
1．どれでも　　2．どちらでも　　3．なにか　　4．なにも

(10) おかねが あったら、_____ りょこうを するんですが。
1．どこへ　　2．どこかへ　　3．どこへも　　4．どこまで

問題Ⅴ ＿＿＿の ところに どんな ことばを 入れたら いいですか。1・2・3・4か
ら いちばん いい ものを 一つ えらびなさい

(1) 毎日 日本語を 勉強して います。＿＿＿＿ なかなか じょうずに なりません。

　　1．では　　2．ですから　　3．で　　4．でも

(2) 5時に 仕事が 終わりました。＿＿＿＿ みんなで 飲みに 行きました。

　　1．それから　　2．それでは　　3．それに　　4．それも

(3) この 問題は やさしいです。＿＿＿＿ みんな できるはずです。

　　1．ところで　　2．だから　　3．だけど　　4．けれども

(4) わたしの 家は 駅から 遠いです。＿＿＿＿ お店も 少ないので、こまります。

　　1．けれども　　2．それでも　　3．そのうえ　　4．それは

(5) この道を 5分ぐらい まっすぐ 行って ください。＿＿＿＿ 右に 郵便局が ありま
す。

　　1．それなら　　2．それでは　　3．そうすると　　4．そこで

(6) わたしの 学校は、宿題が 多いです。＿＿＿＿ たいへんです。

　　1．ところで　　2．それで　　3．ところが　　4．それなら

(7) きのう 東京駅の 近くで、火事が ありました。＿＿＿＿ 二人 なくなりました。

　　1．その おかげで　　2．そのため　　3．それは　　4．それでも

(8) 三度 ベルを ならしました。＿＿＿＿ へんじが ありませんでした。

　　1．すると　　2．それで　　3．それから　　4．それでも

(9) のどが いたくて、せきが でます。＿＿＿＿ ねつも あるみたいです。

　　1．けれども　　2．それから　　3．ところが　　4．それなのに

(10) 「いってらっしゃい。おそく なる ようなら、電話を してね。」
　　「うん。＿＿＿＿、きょうは たぶん 早く 帰れるよ。」

　　1．でも　　2．それに　　3．それで　　4．そして

問題Ⅵ ＿＿＿の ところに どんな ことばを 入れたら いいですか。1・2・3・4から いちばん いい ものを 一つ えらびなさい。

(1) 「この やさいは ＿＿＿ たべるんですか。」

「ふつう ゆでて 食べますけど、なまで 食べる 人も いますよ。」

1．どうすれば　　2．どうやって　　3．どれぐらい　　4．だれが

(2) 「なにか 見えますか。」　「いや、まだ ＿＿＿ 見えません。」

1．なにか　　2．なにが　　3．なにを　　4．なにも

(3) ＿＿＿ すきな ものを たのんで ください。わたしが ごちそうしますから。

1．なんでも　　2．なんにも　　3．どれも　　4．なにも

(4) セーターを かいに きたのですが、＿＿＿ みんな すてきで まよって しまいます。

1．どれが　　2．どれでも　　3．どれか　　4．どれも

(5) 「＿＿＿ カメラが いいかな。」　「これは どうでしょう。」

1．どの　　2．どれ　　3．どっち　　4．どちら

(6) この じしょは とても べんりです。＿＿＿、10,000円も するので わたしには かえません。

1．では　　2．それから　　3．でも　　4．そして

(7) 山田さんは なつに りょこうを する つもりでした。＿＿＿、びょうきに なって しまって どこへも いけませんでした。

1．それでは　　2．それでも　　3．ところで　　4．ところが

(8) きのうは おそくまで 勉強を しました。＿＿＿、きょうは じゅぎょうちゅう ねむくて こまりました。

1．それなのに　　2．それで　　3．すると　　4．けれども

(9) 「あっ、もう こんな 時間ですか。＿＿＿、そろそろ しつれいします。」

「そうですか。まだ、早いじゃ ありませんか。」

1．それから　　2．そして　　3．それでは　　4．それなのに

(10) 先生に すっかり ごちそうに なりました。＿＿＿、おみやげまで いただいて しまいました。

1．しかし　　2．けれども　　3．さて　　4．そのうえ

文法　適語の選択（その２）

問題I　＿＿＿＿＿の ところに どんな ことばを 入れたら いいですか。1・2・3・4から
　　　　いちばん いい ものを 一つ えらびなさい。

(1) その 店なら わたしも ＿＿＿＿＿。
　　1．知ります　　2．知って います　　3．知る　　4．知りました

(2) わたしは 絵を ＿＿＿＿＿のが すきで、よく 美術館へ 行きます。
　　1．見る　　2．見ます　　3．見ています　　4．見た

(3) まだ 外国へ ＿＿＿＿＿ ことが ありません。
　　1．行く　　2．行きます　　3．行った　　4．行かない

(4) この 本は、もう ＿＿＿＿＿ しまいました。
　　1．読む　　2．読んで　　3．読んだ　　4．読まない

(5) きょうの 試験は、＿＿＿＿＿より やさしかったです。
　　1．思う　　2．思って いる　　3．思った　　4．思わず

(6) これ、しばらく ＿＿＿＿＿も いいですか。
　　1．借りる　　2．借りて　　3．借りた　　4．借りない

(7) 山口さんも いっしょに ＿＿＿＿＿ はずだったんですが、きゅうに つごうが わるく
　　なりました。
　　1．来る　　2．来た　　3．来て　　4．来ない

(8) ＿＿＿＿＿と した とき、雨が ふりだしました。
　　1．出かける　　2．出かけた　　3．出かけて　　4．出かけよう

(9) すみません、ペンを ＿＿＿＿＿。かして ください。
　　1．わすれます　　2．わすれて います　　3．わすれました　　4．わすれる

(10) きのう 電話を ＿＿＿＿＿ つもりでしたが、わすれて しまいました。

1．した　　2．する　　3．して　　4．したい

問題Ⅱ　＿＿＿＿＿の　ところに　どんな　ことばを　入れたら　いいですか。1・2・3・4から
　　　　いちばん　いい　ものを　一つ　えらびなさい。

(1) おさけを　＿＿＿＿＿すぎて、気分が　わるく　なりました。
　　1．飲め　　2．飲んで　　3．飲み　　4．飲んだ

(2) 日本語が　＿＿＿＿＿ように　なりました。
　　1．話した　　2．話す　　3．話せる　　4．話そう

(3) 山田さんは　きのう　アメリカから　＿＿＿＿＿ばかりです。
　　1．帰る　　2．帰った　　3．帰れ　　4．帰り

(4) ここに　かばんを　＿＿＿＿＿ないで　ください。
　　1．おか　　2．おき　　3．おく　　4．おけ

(5) 林さんが、あした　あそびに　＿＿＿＿＿そうです。
　　1．きた　　2．きて　　3．こよう　　4．くる

(6) ドイツ語は　できませんが、英語なら　＿＿＿＿＿。
　　1．話させます　　2．話させられます　　3．話せます　　4．話されます

(7) この　ペンは　ふとすぎて、＿＿＿＿＿にくいです。
　　1．書く　　2．書き　　3．書いて　　4．書け

(8) うちの　電気を　＿＿＿＿＿まま　学校に　来て　しまいました。
　　1．ついた　　2．ついて　いる　　3．つけた　　4．つけて　いる

(9) 荷物が　多すぎて、かばんに　ぜんぶ　＿＿＿＿＿。
　　1．入ります　　2．入りません　　3．入れます　　4．入れません

(10) ＿＿＿＿＿ば　飲むほど　赤く　なります。
　　1．飲ん　　2．飲み　　3．飲め　　4．飲む

問題III ＿＿＿＿の ところに どんな ことばを 入れたら いいですか。1・2・3・4から いちばん いい ものを 一つ えらびなさい。

(1) テレビを ＿＿＿＿まま、ねて しまいました。

　　1．つける　　2．つけた　　3．ついた　　4．つく

(2) 朝まで ＿＿＿＿ので、とても ねむい。

　　1．起きて いた　　2．起きた　　3．起きない　　4．起きる

(3) 去年まで 横浜に ＿＿＿＿。

　　1．住みます　　2．住んで います　　3．住んで いました　　4．住みました

(4) 今は、何も ＿＿＿＿ない。

　　1．食べる　　2．食べた　　3．食べたい　　4．食べたく

(5) きのうは、どこへも ＿＿＿＿でした。

　　1．行く　　2．行った　　3．行きません　　4．行かない

(6) 上田さんは、大きな 時計を ＿＿＿＿ います。

　　1．ほしい　　2．ほしくて　　3．ほしがり　　4．ほしがって

(7) 先週、友だちの 結婚式が 京都で ＿＿＿＿ので、新幹線で 行きました。

　　1．ある　　2．あって　　3．あった　　4．あります

(8) 田中さんは、カメラマンに ＿＿＿＿ います。

　　1．なりたくて　　2．なりたいと　　3．なった　　4．なりたがって

(9) 上田さんと ＿＿＿＿、どうするか 決めます。

　　1．話し合っては　　2．話し合えば　　3．話し合うと　　4．話し合って

(10) 山下先生に ダンスを ＿＿＿＿。

　　1．習いました　　2．習われました　　3．習われて いました　　4．習わせました

問題IV ＿＿＿＿の ところに どんな ことばを 入れたら いいですか。1・2・3・4から いちばん いい ものを 一つ えらびなさい。

(1) 来週 日光へ ＿＿＿＿＿でしたが、行けなく なりました。

  1．行く　　2．行きたい　　3．行ければ　　4．行く つもり

(2) ひっこしの とき、弟を ＿＿＿＿＿に 行かせましょうか。

  1．手伝う　　2．手伝い　　3．手伝わせ　　4．手伝われ

(3) テープレコーダーに テープが ＿＿＿＿＿。

  1．入れて います　　2．入れます　　3．入りそうです　　4．入って います

(4) 田中さんは、去年 ＿＿＿＿＿。

  1．結婚します　　　　2．結婚する はずです

  3．結婚しました　　　4．結婚する ようです

(5) 雨が ＿＿＿＿＿、泳ぎに 行きます。

  1．降っても　　2．降ったら　　3．降らないで　　4．降らなくて

(6) 国へ ＿＿＿＿＿、手紙を ください。

  1．帰ると　　2．帰ったら　　3．帰って　　4．帰れば

(7) 毎年 12月に なると、国へ ＿＿＿＿＿なります。

  1．帰りたい　　2．帰ると　　3．帰りたく　　4．帰りに

(8) うちに いくら 電話を ＿＿＿＿＿、通じません。

  1．かけたら　　2．かけると　　3．かければ　　4．かけても

(9) この 本を 来週まで ＿＿＿＿＿ よろしいでしょうか。

  1．借りさせて　　2．借りられて　　3．お借りに なって　　4．お借りして

(10) 小さすぎて よく ＿＿＿＿＿。

  1．見られます　　2．見ません　　3．見えません　　4．見させません

問題V ＿＿＿＿＿の ところに どんな ことばを 入れたら いいですか。1・2・3・4から
   いちばん いい ものを 一つ えらびなさい。

(1) この 本を ＿＿＿＿＿ いいですか。

  1．借りては　　2．借りる　　3．借りても　　4．借りるは

(2) 電話で ＿＿＿＿＿より、ちょくせつ 話した ほうが いいでしょう。

　　1．話す　　2．話した　　3．話して　　4．話し

(3) 私たちは 山川さんが ＿＿＿＿＿ まちました。

　　1．来たのを　　2．来るを　　3．来てのを　　4．来るのを

(4) ここで たばこを ＿＿＿＿＿ いけません。

　　1．すっては　　2．すうのが　　3．すうと　　4．すうのに

(5) 田中さんに ＿＿＿＿＿、これを わたして ください。

　　1．会えば　　2．会ったり　　3．会ったら　　4．会うと

(6) いくら ＿＿＿＿＿、だれも 来ません。

　　1．まっても　　2．まったら　　3．まつと　　4．まてば

(7) クラスで ＿＿＿＿＿、よく ありません。

　　1．ねるなら　　2．ねるは　　3．ねるのは　　4．ねるとき

(8) 本屋へ ＿＿＿＿＿、デパートへ 行きます。

　　1．行ったのは　　2．行ってまで　　3．行ってから　　4．行くのは

(9) ＿＿＿＿＿ように 気を つけて います。

　　1．ふとらなく　　2．ふとらなければ　　3．ふとらないで　　4．ふとらない

(10) 会社に ＿＿＿＿＿、すぐに 仕事を 始めました。

　　1．つけば　　2．つくと　　3．ついては　　4．つくなら

問題Ⅵ　＿＿＿＿＿の ところに どんな ことばを 入れたら いいですか。1・2・3・4から
　　　いちばん いい ものを 一つ えらびなさい。

(1) 赤んぼうに ミルクを ＿＿＿＿＿ やりました。

　　1．飲ませて　　2．飲まされて　　3．飲まれて　　4．飲んで

(2) すみませんが、この 本を 田中さんに ＿＿＿＿＿

　　1．渡して あげて ください　　　2．渡らせて ください

　　3．渡って ください　　　　　　4．渡られて ください。

(3) おとうとに テープレコーダーを _____、テープが 聞けません。

　　1．こわされて　　2．こわして　　3．こわさせて　　4．こわせて

(4)田中さんが かさを _____ました。

　　1．かしてくれ　　2．かして いて　　3．かして もら　　4．かさせ

(5) あの 人は いくら たのんでも、ぜんぜん _____。

　　1．来て もらいません　　2．来て あげません

　　3．来て くれません　　　4．来させません

(6) この 本は 全部 英語で _____。

　　1．書いて います　　　2．書かれて います

　　3．書かせて います　　4．書けて います

(7) かばんが 重そうですね。おとうとに _____ましょうか。

　　1．持たれ　　2．持たせ　　3．持たさせ　　4．持たされ

(8) 子どもを 買い物に _____。

　　1．行きました　　2．行かれました　　3．行かせました　　4．行けました

(9) あした 仕事を てつだって _____んですが。

　　1．くれたい　　2．もらえた　　3．もらって ほしい　　4．もらいたい

(10) わたしの 国では、この ワインが いちばん たくさん _____。

　　1．飲んで います　　　2．飲んで あげます

　　3．飲まれて います　　4．飲ませて います

問題VII　_____の ところに どんな ことばを 入れたら いいですか。1・2・3・4から
　　　　いちばん いい ものを 一つ えらびなさい。

(1) この 学校では、そうじを 学生に _____。

　　1．されます　　2．します　　3．させられます　　4．させます

(2) この 本は 世界中の 人に _____います。

　　1．読んで　　2．読ませて　　3．読まされて　　4．読まれて

(3) 駅で うしろの 人に ＿＿＿＿＿、びっくりしました。

　　1．おさせられて　　2．おさせて　　3．おして　　4．おされて

(4) すみません。この テープを ＿＿＿＿＿ くださいませんか。

　　1．聞かれて　　2．聞かされて　　3．聞かせて　　4．聞かせられて

(5) パスポートを ＿＿＿＿＿、とても こまりました。

　　1．とらせ　　2．とって　　3．とられて　　4．とらせて

(6) わたしが いない とき、日記を 母に ＿＿＿＿＿て しまった。

　　1．読め　　2．読んで　　3．読まれ　　4．読ませ

(7) となりの 人に 夜 おそく 歌を ＿＿＿＿＿ ねむれませんでした。

　　1．歌わせて　　2．歌って　　3．歌われて　　4．歌おうとして

(8) すみませんが、ちょっと ＿＿＿＿＿ いただきたいんですが。

　　1．すわらせて　　2．すわれて　　3．すわられて　　4．すわらせられて

(9) 道が わからなかったので、おまわりさんに ＿＿＿＿＿ました。

　　1．教えて もらい　　2．教えて くれ　　3．教えて あげ　　4．教えられ

(10) さっき いもうとを おつかいに ＿＿＿＿＿。

　　1．行きました　　2．行かせました　　3．行かされました　　4．行かれました

問題VIII　＿＿＿＿＿の ところに どんな ことばを 入れたら いいですか。1・2・3・4から
　　　　　いちばん いい ものを 一つ えらびなさい。

(1) 本は この 本だなに もどして ＿＿＿＿＿ ください。

　　1．あって　　2．おいて　　3．いて　　4．みて

(2) テーブルに 花が かざって ＿＿＿＿＿。

　　1．おきます　　2．いきます　　3．います　　4．あります

(3) さいふが ぬすまれて ＿＿＿＿＿。

　　1．しまいました　　2．ありました　　3．みました　　4．いきました

(4) きょうは じしょを 持って ＿＿＿＿＿でした。

　　1．みません　　2．おきません　　3．ありません　　4．きません

(5) ビールは れいぞうこに 入って ＿＿＿＿＿。

　　1．きます　　2．います　　3．おきます　　4．あります

(6) 田中さんは あそこで テレビを 見て ＿＿＿＿＿ 人です。

　　1．みる　　2．ある　　3．くる　　4．いる

(7) もうすぐ 三月です。だいぶ あたたかく なって ＿＿＿＿＿。

　　1．しまいました　　2．みました　　3．いきました　　4．きました

(8) 「田中さん、おそいですね。もう 八時ですよ。」

　　「そうですね。あと 十分 まって ＿＿＿＿＿。」

　　1．みましょう　　2．おきましょう　　3．しまいましょう　　4．きましょう

(9) はじめに たまねぎを 小さく 切って 水のなかに いれて ＿＿＿＿＿。つぎに にん

　じんを 切ります。

　　1．いきます　　2．きます　　3．おきます　　4．みます

(10) コップを おとして わって ＿＿＿＿＿。

　　1．おきました　　2．みました　　3．しまいました　　4．ありました

問題IX ＿＿＿＿＿の ところに どんな ことばを 入れたら いいですか。1・2・3・4から

　　いちばん いい ものを 一つ えらびなさい。

(1) 田中さんは きのう 来ると 言って いたので、きっと ＿＿＿＿＿。

　　1．来そうです

　　2．来るらしいです

　　3．来るかも しれません

　　4．来るでしょう

(2) あの 映画は おもしろいと 聞いて いましたが、少しも ＿＿＿＿＿。

　　1．おもしろかったです

　　2．おもしろそうです

3．おもしろいらしいです

4．おもしろくなかったです

(3)　一度　まちがえたので、けっして　同じ　まちがいを　＿＿＿＿＿。

1．するかもしれません

2．して　しまいました

3．しそうです

4．しない　つもりです

(4)　いっしょうけんめい　作りましたから、どうぞ　たくさん　＿＿＿＿＿。

1．食べろ

2．食べて　ください

3．食べて　しまいました

4．食べたいです

(5)　先週は　かぜを　ひいて　ねて　いましたが、やっと　＿＿＿＿＿。

1．よく　なりません

2．よく　なりました

3．よく　なるはずです

4．よく　なるでしょう

(6)　あの　人は　ぜったい＿＿＿＿＿。

1．田中さん　みたいです

2．田中さん　かもしれません

3．田中さんでしょう

4．田中さんです

(7)　あぶないですから、この　スイッチには　ぜったいに　＿＿＿＿＿。

1．さわって　ください

2．さわらないで　ください

3．さわって　しまいました

4．さわろうと　思っています

(8)　あしたの　試合は　ぜったいに　＿＿＿＿＿。

1．勝つ　ようです

2．勝つかも　しれない

3．勝つと　いいです

4．勝とう

(9)　あんなに　勉強したのに　試験は　ぜんぜん　＿＿＿＿＿。

1．できたかも　しれません

2．できました

3．できないでしょう

4．できませんでした

(10)　たのしい　パーティーです。みなさん、ぜひ＿＿＿＿＿。

1．来ましょう

2．来ます

3．来なさい

4．来て　ください

問題X　＿＿＿＿＿の　ところに　どんな　ことばを　入れたら　いいですか。1・2・3・4から
　　　いちばん　いい　ものを　一つ　えらびなさい。

(1)　先生、まちがって　いる　ところを　なおして　＿＿＿＿＿。

1．いただきますか　　　2．さしあげますか。

3．いただけますか　　　4．もらいますか

(2)　コーヒーでも　のみながら　＿＿＿＿＿　ください。

1．おまち　　　　　　　2．おまちして

3．おまちいたして　　　4．またされて

(3)　もしもし、鈴木＿＿＿＿＿が、吉田さんは　いらっしゃいますか。

1．で　いらっしゃいます

2．と　うかがいます

3．と　おっしゃいます

4．と　もうします

(4) この　本を＿＿＿＿＿よろしいでしょうか。

　　1．かりて　くださっても

　　2．おかりしても

　　3．おかりに　なっても

　　4．おかりに　なられても

(5) お手紙　たいへん　うれしく＿＿＿＿＿。

　　1．はいけんしました

　　2．ごらんに　なりました

　　3．お読みしました

　　4．お読みに　なりました

(6) 部長、いま　なんと　＿＿＿＿＿か。

　　1．いいました

　　2．いらっしゃいました

　　3．もうしました

　　4．おっしゃいました

(7) それでは、あしたの　ごご　＿＿＿＿＿ので、よろしく。

　　1．いきます

　　2．いらっしゃいます

　　3．うかがいます

　　4．おいでに　なります

(8) いらっしゃいませ。どうぞ　手に　とって　＿＿＿＿＿。

　　1．見なさい

　　2．ごらんなさい

　　3．ごらんください

　　4．はいけんして　ください

(9) さっき　駅で　ごしゅじんに　＿＿＿＿＿よ。

　　1．お会いしました

　　2．会われました

3．お会いに　なりました

4．お会いに　なられました

(10)　どうか　＿＿＿＿＿か。お疲れの　ようですが。

1．いたしました

2．いただきました

3．ございました

4．なさいました

問題ⅩⅠ　＿＿＿＿＿の　ところに　どんな　ことばを　入れたら　いいですか。1・2・3・4から
　　　いちばん　いい　ものを　一つ　えらびなさい。

(1)　結婚式は　あまり　＿＿＿＿＿　なくても　いいです。

1．ごうか　　2．ごうかな　　3．ごうかで　　4．ごうかに

(2)　お酒は　やはり　＿＿＿＿＿　なければ　おいしく　ありません。

1．からい　　2．からく　　3．からくて　　4．からさ

(3)　コーヒーは　＿＿＿＿＿　ほうが　すきです。

1．こい　　2．こいの　　3．こいくて　　4．こくて

(4)　たばこは　健康に　＿＿＿＿＿と　思います。

1．よくない　　　　2．よくないだ

3．よいじゃない　　4．よくありませんだ

(5)　新しい　家は　とても　＿＿＿＿＿です。

1．便利だ　　2．便利　　3．便利な　　4．便利に

(6)　来月　旅行に　行くのは、＿＿＿＿＿かも　しれません。

1．むりだ　　2．むりな　　3．むり　　4．むりに

(7)　きょうは　とても　＿＿＿＿＿から　雪に　なるでしょう。

1．さむいだ　　2．さむくて　　3．さむい　　4．さむいの

(8)　駅で　きものを　着た　＿＿＿＿＿　女の　人を　見ました。

1．きれいな　　2．きれい　　3．きれいの　　4．きれいに

(9) およぐのが ＿＿＿＿＿＿ので　海にも　プールにも　行きません。

1．きらい　　2．きらいだ　　3．きらいに　　4．きらいな

(10) いつも　ひとりで　うちに　いて ＿＿＿＿＿＿＿ ないですか。

1．さびしい　　2．さびしく　　3．さびし　　4．さびしいは

問題XII ＿＿＿＿＿＿の　ところに　どんな　ことばを　入れたら　いいですか。1・2・3・4から
　　　　いちばん　いい　ものを　一つ　えらびなさい。

(1) わたしも　その　かばんが ＿＿＿＿＿＿、いろいろな　店へ　行って　みました。

1．ほしい　　2．ほしいって　　3．ほしくて　　4．ほしかった

(2) 出口が ＿＿＿＿＿＿、こまって　いるんです。

1．わからない　　2．わからないと　　3．わからなかった　　4．わからなくて

(3) こんどは ＿＿＿＿＿＿ できました。

1．じょうず　　2．じょうずな　　3．じょうずに　　4．じょうずだ

(4) この　へやは、あの　へやほど ＿＿＿＿＿＿が、あかるくて　きれいだ。

1．ひろい　　2．ひろくて　　3．ひろく　ない　　4．ひろく　なくて

(5) ここは ＿＿＿＿＿＿ので、よく　ねむれました。

1．しずかだ　　2．しずか　　3．しずかに　　4．しずかな

(6) アパートは ＿＿＿＿＿＿ 安いほど　いいです。

1．安ければ　　2．安い　　3．安いと　　4．安くて

(7) くつしたを　はかないと、足が ＿＿＿＿＿＿ なりますよ。

1．つめたい　　2．つめたく　　3．つめたくて　　4．つめたかった

(8) よく　晴れた　空は　どこまでも ＿＿＿＿＿＿。

1．青かったです　　2．青いでした　　3．青いました　　4．青かったでした

(9) 朝 ＿＿＿＿＿＿ 起きるのは　きもちが　いいです。

1．早い　　2．早く　　3．早くて　　4．早いで

(10) 少しぐらい ＿＿＿＿＿＿でも いなかに 住んで、のんびり くらしたいです。

1．ふべんな　　2．ふべんに　　3．ふべん　　4．ふべんの

問題XⅢ ＿＿＿＿＿＿の ところに どんな ことばを 入れたら いいですか。1・2・3・4から
　　　いちばん いい ものを 一つ えらびなさい。

(1) これは ＿＿＿＿＿＿、だれも 買いません。

1．安いのが　　2．安いのは　　3．安いのか　　4．安いのに

(2) 時間が ＿＿＿＿＿＿、宿題が できませんでした。

1．なかったので　　2．ないで　　3．なかったのは　　4．ないのに

(3) 今年の 冬は ＿＿＿＿＿＿ あたたかったりでした。

1．さむかったら　　2．さむいし　　3．さむかったり　　4．さむくて

(4) もう すこし ＿＿＿＿＿＿、買うのだが。

1．安くて　　2．安いのは　　3．安かったので　　4．安ければ

(5) 仕事が とても ＿＿＿＿＿＿ なかなか 休めません。

1．いそがしいのに　　2．いそがしくて　　3．いそがしくても　　4．いそがしいなら

(6) 山田さんの おくさんは ＿＿＿＿＿＿ やさしい 人です。

1．きれくて　　2．きれいと　　3．きれいで　　4．きれいに

(7) 勉強は ＿＿＿＿＿＿が、ほとんど しません。

1．きらいない　　2．きらいくない　　3．きらいでは ありません

4．きらい ありません

(8) 自然を ＿＿＿＿＿＿ しましょう。

1．たいせつに　　2．たいせつな　　3．たいせつ　　4．たいせつで

(9) ビールは ＿＿＿＿＿＿、おいしく ありません。

1．つめたいないで　　2．つめたくなければ

3．つめたくなくて　　4．つめたいじゃないと

(10) 試験が あんなに ＿＿＿＿＿＿ 思いませんでした。

    1．むずかしいとは   2．むずかしくては   3．むずかしくて   4．むずかしいので

問題XIV ＿＿＿＿＿＿の ところに どんな ことばを 入れたら いいですか。1・2・3・4から
      いちばん いい ものを 一つ えらびなさい。

(1) 顔は わかりましたが、わたしは その 人の なまえを ＿＿＿＿＿＿。

    1．おぼえません

    2．おぼえて いませんでした

    3．おぼえませんでした

    4．おぼえます

(2) たくさん 歩いて おなかが ＿＿＿＿＿＿ので パンを 買いました。

    1．すいて   2．すく   3．すった   4．すいた

(3) わからない ことがあると、いつも 先生に＿＿＿＿＿＿。

    1．教えられます   2．教えて くれます

    3．教えて もらいます   4．教えさせます

(4) 日本語で 手紙が ＿＿＿＿＿＿ように なりたいです。

    1．書く   2．書ける   3．書いて   4．書けて

(5) わたしは 車を ＿＿＿＿＿＿。

    1．買いたがって います   2．買う つもりです

    3．買う ようです   4．買うらしいです

(6) ＿＿＿＿＿＿ば 大きいほど いいです。

    1．大きけれ   2．大きく   3．大きい   4．大き

(7) ドアは そのまま あけて ＿＿＿＿＿＿ ください。

    1．いて   2．あって   3．おいて   4．ないで

(8) きゅうに さむくなったので、今にも わたしは かぜを ＿＿＿＿＿＿。

    1．ひいた ようです   2．ひきそうです

    3．ひいたらしいのです   4．ひこうと します

(9) 円は　これからも　どんどん　高くなって　＿＿＿＿＿でしょう。

　　1．しまった　　2．いる　　3．いく　　4．きた

(10)　どんなに　＿＿＿＿＿　食べられます。

　　1．からくても　　2．からかったら

　　3．からいなら　　4．からければ

文法　会話完成問題

問題I 学生と 先生が 話して います。＿＿＿＿＿の ところに どんな ことばを 入れたら いいですか。1・2・3・4から いちばん いい ものを 一つ えらびなさい。

問1

学生：先生、いまの ところ よく わからなかったんですが、もう 一度 せつめいして ＿＿＿＿(1)＿＿＿＿ませんか。

先生：きみ 先週 やすみましたね。これは もう じゅうぶん せつめいした はずですよ。

学生：そうですか。すみません。

先生：じゅぎょうの あとで とくべつに せつめいして ＿＿＿＿(2)＿＿＿＿から、けんきゅうしつに 来なさい。

  (1)　1．くれ　　2．もらえ　　3．さしあげ　　4．いただけ

  (2)　1．くれます　　2．もらいます　　3．あげます　　4．さしあげます

問2

学生：先生、先日 ＿＿＿＿(3)＿＿＿＿ 本ですが。

先生：ああ、どうでしたか。

学生：じつは まだ よみおわって いないんです。

先生：そうですか。じゃ、もう 一週間 ＿＿＿＿(4)＿＿＿＿。

  (3)　1．おかりした　　　　　2．かりた

       3．かりて いただいた　　4．かりて さしあげた

  (4)　1．かしなさい　　　　　2．かして ください

       3．かして あげましょう　4．かして いただきなさい

問3

学生：ちょっと、ご相談＿＿＿＿(5)＿＿＿＿ ことが あるんですが、あした＿＿＿＿(6)＿＿＿＿ よろしいでしょうか。

先生：そうですね。4時ごろだったら だいじょうぶですが……。

学生：じゃ、4時に ＿＿＿＿(7)＿＿＿＿ので。

(5) 1．したい　　2．されたい　　3．なさりたい　　4．になりたい

(6) 1．行かれても　　　　　　2．いらっしゃって
　　3．おいでに　なっても　　4．おうかがいしても

(7) 1．まいります　　　　　　2．来られます
　　3．おります　　　　　　　4．いらっしゃいます

問4

学生：先生、この　じっけんの　けっかを＿＿＿＿＿(8)＿＿＿＿＿か。

先生：ええ、見ました。

学生：きょうかしょに　＿＿＿＿＿(9)＿＿＿＿＿ことと　ぜんぜん　ちがうようですが。

先生：そうですね。げんいんを　よく　＿＿＿＿＿(10)＿＿＿＿＿か。

(8) 1．見ました　　　　　　　2．ごらんに　なりました
　　3．はいけんしました　　　4．見られました

(9) 1．かかれる　　　　　　　2．かかせて　いる
　　3．かいて　ある　　　　　4．かいて　おく

(10) 1．かんがえて　みました　　2．かんがえて　おきました
　　3．かんがえて　いました　　4．かんがえて　しまいました

問題II　ヤンさんと　田中さんが　話して　います。＿＿＿＿＿の　ところに　どんな　ことば
　　　　を　入れたら　いいですか。1・2・3・4から　いちばん　いい　ものを　一つ　え
　　　　らびなさい。

田中：ヤンさん、この　映画（えいが）　もう　＿＿＿＿＿(1)＿＿＿＿＿か。

ヤン：ああ、これ。まだ　＿＿＿＿＿(2)＿＿＿＿＿。見たいと　＿＿＿＿＿(3)＿＿＿＿＿。

田中：そうですか。よかったら、こんどの　日曜日（にちようび）に　見に　いきませんか。

ヤン：ええ、ぜひ。山川さんも　さそいましょうか。

田中：あ、山川さんは　もう　＿＿＿＿＿(4)＿＿＿＿＿そうですよ。
　　　とても　＿＿＿＿＿(5)＿＿＿＿＿そうです。

(1) 1．見ます　　　　　　　　2．見ました
　　3．見て　います　　　　　4．見た　ことが　あります

102

(2) 1．見ません　　　　　　　　2．見せませんでした

　　3．見て　いません　　　　　4．見た　ことが　ありませんでした

(3) 1．思いました　　　　　　　2．思うんです

　　3．思ったんです　　　　　　4．思って　いたんです

(4) 1．見た　　　　　　　　　　2．見て　いなかった

　　3．見て　いた　　　　　　　4．見た　ことが　あった

(5) 1．おもしろ　　　　　　　　2．おもしろく

　　3．おもしろかった　　　　　4．おもしろがり

問題III　ヤンさんと　田中さんが　話して　います。＿＿＿＿＿の　ところに　どんな　ことば
　　　　　を　入れたら　いいですか。1・2・3・4から　いちばん　いい　ものを　一つ　え
　　　　　らびなさい。

田中：ヤンさん、なんだか　元気が　ありませんね。どうか　したんですか。

ヤン：ええ、じつは　たいせつな　本を　なくして　＿＿＿＿(1)＿＿＿＿んです。

　　　鈴木先生が　かして　＿＿＿(2)＿＿＿　本なんです。

田中：えっ、それは　こまりましたね。

ヤン：たしかに　ノートと　いっしょに　かばんに　＿＿＿(3)＿＿＿んですが。

田中：かばんの　中を　よく　見ましたか。

ヤン：ええ。でも、もう　一度　見て　＿＿＿＿(4)＿＿＿＿。

田中：じゃ、ぼくも　いっしょに　見て　＿＿＿＿(5)＿＿＿＿。

　(1) 1．みた　　2．しまった　　3．おいた　　4．あった

　(2) 1．さしあげた　　2．もらった　　3．くださった　　4．いただいた

　(3) 1．いれて　しまった　　　　　2．いれて　おいた

　　　3．はいって　しまった　　　　4．はいって　おいた

　(4) 1．みます　　　　　　　　　　2．います

　　　3．いきます　　　　　　　　　4．あります

　(5) 1．もらいましょう　　　　　　2．くれましょう

３．いただきましょう　　　　４．あげましょう

問題Ⅳ 田中さんと　奥さんが　話して　います。＿＿＿＿＿の　ところに　どんな　ことばを
　　　　入れたら　いいですか。１・２・３・４から　いちばん　いい　ものを　一つ　えらび
　　　　なさい。

奥さん　　：ねえ、おとなり　あかちゃんが　＿＿＿＿(1)＿＿＿＿みたいよ。
　　　　　　泣いている　声が　＿＿＿＿(2)＿＿＿＿の。

田中さん：そう。

奥さん：うるさいって　いう　ほどじゃ　ないけど、あさも　ひるも　よるも　＿＿＿(3)＿＿＿
　　　　と　ちょっと　きに　なるわね。

田中さん：そうかい。ぼくは　ぜんぜん　きが　つかなかったけど。

奥さん　　：ゆうべなんか　奥さんが　ご主人に　＿＿＿＿(4)＿＿＿＿わよ。
　　　　　　うるさい、いつまでも　＿＿＿(5)＿＿＿なって。

田中さん：へえ。かわいそうに。

(1)　１．うんだ　　　　　　　　２．うめた
　　　３．うまれた　　　　　　　４．うませた

(2)　１．聞ける　　　　　　　　２．聞こえる
　　　３．聞かれる　　　　　　　４．聞かせる

(3)　１．泣く　　　　　　　　　２．泣ける
　　　３．泣かれる　　　　　　　４．泣かせる

(4)　１．しかった　　　　　　　２．しかって　いた
　　　３．しかられて　いた　　　４．しからせて　いた

(5)　１．泣く　　　　　　　　　２．泣ける
　　　３．泣かれる　　　　　　　４．泣かせる

読解　同義文

問題I　次の　(1)から　(5)の　文と　だいたい　同じ　いみの　文は　どれですか。1・
2・3・4から　いちばん　いい　ものを　一つ　えらびなさい。

(1)　あの服、買わなければ　よかった。

　　1．ざんねんな　ことに、あの　服を　買って　しまった。

　　2．ざんねんな　ことに、あの　服を　買わなかった。

　　3．うれしい　ことに、あの　服を　買って　しまった。

　　4．うれしい　ことに、あの　服が　買える　ように　なった。

(2)　山本さんが　うちまで　おくって　くれました。

　　1．わたしは　山本さんを　うちまで　おくって　あげました。

　　2．わたしは　山本さんに　うちまで　おくって　もらいました。

　　3．山本さんは　わたしに　うちまで　おくって　もらいました。

　　4．山本さんが　わたしに　うちを　おくって　くれました。

(3)　雨は　ふらないのでは　ないでしょうか。

　　1．雨は　ふるでしょう。

　　2．雨は　ふらない　ことは　ないでしょう。

　　3．雨は　ふらないでしょう。

　　4．雨は　ふるかも　しれません。

(4)　11時には　帰ります。

　　1．ちょうど　11時に　帰ります。

　　2．たぶん　11時ごろ　帰ります。

　　3．早ければ　11時に　帰ります。

　　4．11時までに　帰ります。

(5)　日本酒は　ビールほど　すきでは　ありません。

　　1．日本酒が　いちばん　きらいです。

　　2．日本酒が　いちばん　すきです。

３．ビールは　あまり　すきでは　ありません。

４．日本酒より　ビールの　ほうが　すきです。

問題II　次の　(1)から　(5)の　文と　だいたい　同じ　いみの　文は　どれですか。１・

　　　　２・３・4から　いちばん　いい　ものを　一つ　えらびなさい。

(1)　早く　帰った　ほうが　いいのでは　ないでしょうか。

　　１．早く　帰った　ほうが　いいと　思います。

　　２．早く　帰っても　いいと　思います。

　　３．早く　帰らなければ　なりません。

　　４．早く　帰っては　いけないと　思います。

(2)　これからは　タバコを　すわない　ことに　しました。

　　１．これからは　タバコを　すわない　ように　して　ください。

　　２．これからは　タバコを　すっては　いけません。

　　３．これからは　タバコを　すわない　ことに　決まりました。

　　４．これからは　タバコを　すわないと　決めました。

(3)　わたしは　先生に　本を　かして　いただきました。

　　１．わたしは　先生に　本を　おかししました。

　　２．先生が　わたしから　本を　おかりになりました。

　　３．わたしは　先生に　本を　おかりしました。

　　４．わたしは　先生に　本を　かして　さしあげました。

(4)　これは、外国へ　行く　とき　買いました。

　　１．これは　外国で　買いました。

　　２．これは　外国へ　行く　前に　買いました。

　　３．これは　外国へ　行って　買いました。

　　４．これは　外国で　買って　きました。

(5)　田中くんに　しごとを　てつだわせられました。

　　１．田中くんに　言われて、いやでしたが　てつだいました。

　　２．田中くんに　たのまれて、よろこんで　てつだいました。

3．田中くんに　言って、てつだわせました。

　　4．田中くんに　たのんで、てつだって　もらいました。

問題III　次の　(1)　から　(5)　の　文と　だいたい　同じ　いみの　文は　どれですか。1・
　　　　2・3・4から　いちばん　いい　ものを　一つ　えらびなさい。

(1)　あんなに　うれしかった　ことは　ありません。

　　1．今まで　あまり　うれしい　ことが　ありませんでした。

　　2．そんなに　うれしく　ありません。

　　3．すこし　うれしいと　おもいました。

　　4．今までで　いちばん　うれしかったです。

(2)　山下さんは　田中さんに　たのまれた　しごとを　リーさんに　たのみました。

　　1．リーさんは　田中さんに　しごとを　たのまれました。

　　2．田中さんは　リーさんに　しごとを　たのみました。

　　3．リーさんは　田中さんと　山下さんに　しごとを　たのまれました。

　　4．リーさんは　山下さんに　しごとを　たのまれました。

(3)　もう　すこし　ちかければ　行くんですが。

　　1．ざんねんですが、とおいので　行けません。

　　2．ざんねんですが、ちかくても　行けません。

　　3．ざんねんですが、ちかいのに　行けません。

　　4．とおくても　かならず　行きます。

(4)　リー「山田さんは　かぜを　ひいて　いるので　あした　やすむかも　しれないそうです。」

　　1．山田さんは　あした　やすむかも　しれないと　リーさんは　思いました。

　　2．山田さんは　あした　やすむかも　しれないと　リーさんに　言いました。

　　3．リーさんは　山田さんが　あした　やすむかも　しれないと　思いました。

　　4．リーさんは　山田さんに　あした　やすむかも　しれないと　言いました。

(5)　わたしは　あねよりは　ふとって　いますが　おとうとほどでは　ありません。

　　1．わたしは　おとうとより　ふとって　います。

　　2．あねは　おとうとより　ふとって　います。

３．あねは　わたしより　ふとって　います。

４．おとうとは　わたしより　ふとって　います。

問題Ⅳ　次の　(1) から　(5) の　文と　だいたい　同^{おな}じ　いみの　文は　どれですか。１

　　　２・３・４から　いちばん　いい　ものを　一つ　えらびなさい。

(1)　ゆきに　なりそうですね。

　　１．これから　ゆきが　ふると　いって　います。

　　２．たぶん　これから　ゆきが　ふると　おもいます。

　　３．これから　かならず　ゆきが　ふるでしょう。

　　４．これから　ゆきが　ふるとは　おもえません。

(2)　ヤン「リーさんは　とても　つかれて　いる　ようでした。」

　　１．ヤンさんは　リーさんが　とても　つかれて　いると　おもって　います。

　　２．リーさんは　とても　つかれて　います。

　　３．リーさんは　とても　つかれて　いると　ヤンさんに　いいました。

　　４．ヤンさんは　リーさんが　とても　つかれて　いると　いって　います。

(3)　この　クイズは、できても　できなくても　10分　たったら　やめて　ください。

　　１．この　クイズは、ぜんぶ　できたら　やめて　ください。

　　２．この　クイズは、ぜんぶ　できなかったら　やめて　ください。

　　３．この　クイズは、ぜんぶ　できるまで　やめては　いけません。

　　４．この　クイズは、10分で　できる　ところまで　こたえて　ください。

(4)　もっと　ゆっくり　お話し　したかったです。

　　１．もう　すこし　ゆっくり　話して　ください。

　　２．じかんが　なかったので、話を　しませんでした。

　　３．話を　しましたが、じかんが　たりなくて　ざんねんでした。

　　４．じかんが　たりませんでしたが、話せて　よかったです。

(5)　めがねを　かけなければ　ほとんど　見えませんし、かけても　はっきり　見える　わけ

　　では　ありません。

　　１．めがねを　かければ　よく　見えます。

　　２．めがねを　かけても　ぜんぜん　見えません。

　　３．めがねを　かけても　かけなくても　かわりません。

　　４．めがねを　かけた　ほうが　かけないよりは　よく　見えます。

問題V 次の (1) から (5) の 文と だいたい 同じ いみの 文は どれですか。1・
2・3・4から いちばん いい ものを 一つ えらびなさい。

(1) 山下さんは 田中さんに リーさんから きた てがみを 見せて あげました。

　1．田中さんは 山下さんに リーさんの てがみを もらいました。

　2．田中さんは 山下さんに リーさんの てがみを 見せて もらいました。

　3．山下さんは 田中さんに リーさんの てがみを 見せて もらいました。

　4．田中さんは リーさんに てがみを もらいました。

(2) わたしは あさごはんを 食べてから はを みがいて かおを あらいます。

　1．わたしは あさごはんを 食べた あとで はを みがいて かおを あらいます。

　2．わたしは あさごはんを 食べる まえに はを みがいて かおを あらいます。

　3．わたしは あさ ごはんを 食べたり、はを みがいたり、かおを あらったりします。

　4．わたしは、はを みがいて かおを あらってから ごはんを 食べます。

(3) ヤン「ぜんいんに でんわを した つもりだったんですが。」

　1．ヤンさんは ぜんいんに でんわを しました。

　2．ヤンさんは ぜんいんに でんわを しようと 思いました。

　3．ヤンさんは ぜんいんに でんわを したかも しれません。

　4．ヤンさんは ぜんいんに でんわを したと 思いましたが、なんにんか わすれて
　　いました。

(4) あさは じかんが ないので いつも バスで 行きますが、かえりは てんきさえ わ
　るく なければ うちまで あるきます。

　1．たいてい 行きも かえりも バスに のります。

　2．てんきの いい 日は 行きも かえりも あるきます。

　3．いつも 行きは バスに のり、かえりは あるきます。

　4．てんきの わるい 日は 行きも かえりも バスに のります。

(5) けってんが ぜんぜん ない 人なんて ぜったい いません。

　1．けってんが ぜんぜん ない 人も いない わけでは ありません。

　2．けってんが ぜんぜん ない 人が けっして いないとは 言えません。

　3．だれにでも けってんは かならず あります。

　4．けってんが ある 人も いれば ない ひとも います。

読解　長文問題

問題I　次の　ぶんしょうを　読んで、あとの　しつもんに　答えなさい。

　わたしは　今、大学の　農学部で　トマトの　新しい　育て方を　研究して　います。

　中学の　ときでした。母の　いなかの　畑で　仕事を　して　いる　人たちを　見て、「とても　生き生きして　いるな」と　感じました。農学部を　えらんだのは　自分の　手で　作物を　作って　みたかった　からですが、その　ときの　感動が　もとに　なって　いる　ような　気が　します。

　今年の　夏、赤い　トマトが　1000個　以上　できました。わたしが　作ったのと　友だちのとを　くらべて、どうして　せいちょうが　早いのか、どうして　葉の　色が　ちがうのかなどと　話し合いながら、自然の　中の　学生生活を　楽しんで　います。自然を　相手に　くらす　ように　なってから、それまで　気が　つかなかった　小さな　花や　虫などが　目に　入る　ように　なりました。人に　対しても、わがままだったのが　おおらかに　なって　きた　ような　気が　します。「きょうは　トマトを　とる　日なのに、どうして　雨が　ふるんだ」と、おこって　みても　しかたが　ありませんからね。

問　1～15から　上の　ぶんしょうの　内容と　あって　いる　ものを　<u>五つ</u>　えらびなさい。

1. 野菜や　くだものを　作って　みたかったので　農学部に　入りました。
2. よく　母の　いなかの　畑で　はたらきました。
3. 畑で　仕事を　して　いる　人を　見て、とても　すばらしいと　思いました。
4. 今までの　トマトの　作り方を　研究して　います。
5. 友だちとの　話は　虫や　花の　ことだけです。
6. いっしょに　勉強や　研究を　する　友だちが　います。
7. 大学は　都会に　あった　ほうが　いいです。
8. トマトを　とる　とき、虫が　目に　入らない　ように　気を　つけなければ　いけません。
9. 花や　虫が　きらいに　なりました。
10. わがままな　人は　一人で　くらした　ほうが　いいと　思います。
11. 自然の　中で　くらしはじめてから、性格が　よくなったと　思います。
12. トマトを　作るのは　つまらないです。

13. トマトを　とる　日に　よく　雨が　ふります。

14. 農学部に　入って　よかったと　思って　います。

15. トマトの　せいちょうが　おそくても、しかたが　ないと　思います。

問題II　次の　ぶんしょうを　読んで、あとの　しつもんに　答えなさい。答えは　1・2・3・4・から　いちばん　いい　ものを　一つ　えらびなさい。

　30年ぐらい　前の　ことです。アメリカの　フロリダ州に　ある　ヤーキースと　いう　研究所で、チンパンジーを　使って　一つの　実験を　しました。

　生まれた　ばかりの　チンパンジーを　2頭　えらんで、16か月間　暗い　へやに　入れ、そのほかは　ふつうと　同じ　ように　食べ物を　やり、運動させて　そだてました。それから　明るい　ところへ　出したのです。2頭の　名前は　スナークと　アルファルファでした。明るい　ところへ　出されてから　3、4か月　たつと、スナークの　ほうは　だんだん　目が　見えなく　なり、最後には　ぜんぜん　見えなく　なって　しまいました。アルファルファの　ほうは　逆に　だんだん　目が　見える　ように　なり、最後には　ふつうの　チンパンジーと　同じくらい　見える　ように　なりました。同じ　ように　くらして　きた　チンパンジーが、かたほうは　目が　見えなく　なり、かたほうは　目が　ふつうに　見える　ように　なったのは　どうしてでしょうか。研究所では　この　原因を　調べはじめました。

問1.　実験には　どんな　チンパンジーが　使われましたか。

　1.　目が　見えない　チンパンジー

　2.　頭が　いい　チンパンジー

　3.　数日前に　生まれた　チンパンジー

　4.　16か月前に　生まれた　チンパンジー

問2　2頭の　そだて方は　ふつうと　ちがって　います。どこが　ちがって　いますか。

　1.　一日中　明るい　へやの　中で　そだてました。

　2.　一日中　暗い　へやの　中で　そだてました。

　3.　運動させませんでした。

　4.　食べ物が　少なかったです。

問3　アルファルファと　いう　チンパンジーは　どう　なりましたか。

　1.　ふつうと　同じ　ように　見える　ように　なりました。

　2.　目が　見えなく　なりました。

　3.　かたほうの　目が　見える　ように　なりました。

4．スナークと　同じ　ように　なりました。

問4　実験の　結果は　どう　なりましたか。

　　1．1頭は　目が　見えなく　なったが、1頭は　目が　見える　ように　なりました。

　　2．2頭とも　目が　見えなく　なりました。

　　3．2頭とも　目が　見える　ように　なりました。

　　4．2頭とも　かたほうの　目が　見えなく　なりました。

問5．どうして　こういう　結果に　なったのですか。

　　1．この　実験だけでは　よく　わかりません。

　　2．16か月間　暗い　へやで　そだてたから。

　　3．ぜんぜん　運動しなかったから。

　　4．食べ物が　わるかったから。

問6　ヤーキースと　いうのは　何ですか。

　　1．実験に　使った　チンパンジーの　名前。

　　2．実験を　した　研究所が　ある　町の　名前。

　　3．実験を　した　研究所の　名前。

　　4．実験を　した　人の　名前。

問題III　次の　ぶんしょうを　読んで、あとの　しつもんに　答えなさい。答えは　1・2・
　　　　3・4から　いちばん　いい　ものを　一つ　えらびなさい。(問6だけは　1～6から)

　まず、問題です。電話で　話す　とき、なぜ「もしもし」と　言うのでしょうか。答え。電
話が　はじめて　使われる　ように　なった　とき、これから　何か　言います、という　気
持ちで「もうしあげます、もうしあげます」と　言ったそうです。それが　短く　なって「も
しもし」に　なったそうです。そして、電話で　話す　ときには　「もしもし」と　言うのが
ふつうに　なりました。(1)、最近は「もしもし」と　言わない　ほうが　いいと　考える　人
　　　　　　　　　　　　(2)
が　ふえて　きました。

　どのように　電話を　すれば　いいのか、ちょっと　考えて　みましょう。たとえば、電話
が　かかって　きた　とき、どう　言えば　いいでしょうか。いつも　「はい、もしもし」と
言って　いませんか。そうすると、電話を　かけた　人は　心配に　なって「もしもし、○○
さんですか」と　言わなければ　なりません。また、あなたが　電話を　かけて、はじめに「も
しもし」と　言うと、その　人も　(3)でしょう。これでは、なかなか　話が　はじまりませ
ん。「はい、○○です」と　電話を　とって、「○○ですが」と　電話を　かける。まず、なま

112

えを　言うのが　いいでしょう。これを　する　だけで、じょうずに　話しはじめられます。

　「もしもし」など、あっても　なくても　いいと　お思いですか。でも、電話では、話している　人を　見る　ことが　できません。だから、<u>このような　ことが</u>₍₄₎　大切（たいせつ）なのです。学校を　卒業（そつぎょう）して　会社で　働（はたら）き　はじめる　人に、「もしもし」と　言わない　練習（れんしゅう）を　させる　ことも　あるそうです。　あなたも　今日（きょう）から「もしもし」と　言わない　ように　して　ください、と　言いたいのですが、電話と　いっしょに　生まれて　きたのが　<u>この　ことば</u>です。₍₅₎声を　聞けば、だれだか　わかる　人との　電話では、これからも　使いたい　ものです。

問1　|(1)|に　何を　入れますか。

　1．ところで　　2．それとも　　3．たとえば　　4．ところが

問2　なぜ<u>「もしもし」と　言わない　ほうが　いい</u>のでしょうか。₍₂₎

　1．「もしもし」は古い　言いかた　だから。

　2．「もしもし」と言う　かわりに、なまえを　言った　ほうが　いいから。

　3．会社（かいしゃ）で　電話を　する　ときは　「もしもし」と　言わないから。

　4．何も　言わない　ほうが　いいから。

問3　|(3)|に　何を　入れますか。

　1．「もしもし」と　言わなければ　ならない

　2．「もしもし」と　言わない　ほうが　いい

　3．なまえを　言うのが　いい

　4．じょうずに　話しはじめられる

問4　<u>このような　こと</u>とは　何ですか。₍₄₎

　1．電話では、はじめに　なまえを　言うこと。

　2．話して　いる　人を　見られない　こと。

　3．電話を　よく　使う　こと。

　4．声を　よく　聞く　こと。

問5　<u>この　ことば</u>とは　何ですか。₍₅₎

　1．「もうしあげます」

　2．「もしもし」

　3．「はい、○○です」

　4．「○○ですが」

問6　1～6から　正しい　ものを　三つ　えらびなさい。

1．電話で　「もしもし」と　言っては、ぜったいに　いけない。

2．ふつう　電話が　かかって　きたら、はじめに　「はい、○○です」と　なまえを　言った　ほうが　いい。

3．電話を　かける　前に、何を　話すか、よく　考えた　ほうが　いい。

4．学校で、電話の　練習を　する　べきだ。

5．仕事の　電話　などで、はじめに　「もしもし」と　言うと、すぐに　話を　はじめられないので　よくない。

6．家族などに　電話を　かけた　ときなどに、「もしもし」と　言うのは　悪い　ことではない。

3級模擬試験問題

文字・語彙

聴　　解

読解・文法

文字・語彙　　（100点　35分）

問題I　次の　文の　＿＿＿の　漢字（漢字と　かな）は、どう　読みますか。

1・2・3・4から　いちばん　いい　ものを　一つ　えらびなさい。

（例）　うちの　前に　白い　くるまが　とまって　います。

白い　　1．あかい　　2．しろい　　3．くろい　　4．あおい

（解答用紙）

（例）	①	●	③	④

問1　わたしの　趣味は　読書と　水泳です。
　　　　　　　(1)　　　 (2)　　 (3)

（1）趣味　　1．しゅみ　　　2．しゅうみ　　3．しゆみ　　　4．きょうみ

（2）読書　　1．よみかき　　2．とくしょ　　3．どくしょ　　4．としょ

（3）水泳　　1．すえい　　　2．すいえ　　　3．すうえい　　4．すいえい

問2　四月八日に　ヤンさんの　歓迎会を　しましょう。
　　　　　(1) (2)　　　　　　 (3)

（1）四月　　1．よがつ　　　2．よんがつ　　3．よつき　　　4．しがつ

（2）八日　　1．よっか　　　2．ようか　　　3．はちにち　　4．はつか

（3）歓迎　　1．そうべつ　　2．かんげい　　3．たんじょう　4．しゅくが

問3　きのうの夜　歯が　痛くて　よく　眠れませんでした。
　　　　　　　(1) (2) (3)　　　 (4)

（1）夜　　　1．あさ　　　　2．ひる　　　　3．よる　　　　4．ばん

（2）歯　　　1．は　　　　　2．い　　　　　3．め　　　　　4．あし

（3）痛くて　1．かゆくて　　2．いたくて　　3．かたくて　　4．つめたくて

（4）眠れ　　1．ねれ　　　　2．ねむれ　　　3．ねられ　　　4．ねむられ

問4　映画館の　外に　たくさんの　人が　立って　います。
　　　　　(1)　　 (2)　　　　　　　　　 (3)

（1）映画館　1．えいがかん　2．びじゅつかん　3．としょかん　4．はくぶつかん

（2）外　　　1．まえ　　　　2．うら　　　　3．なか　　　　4．そと

（3）立って　1．まって　　　2．あって　　　3．たって　　　4．わらって

問 5　わたしたちが　見ている　あの　星の　光は　三百万年まえの　ものです。
<u>(1)</u>　<u>(2)</u>　<u>(3)</u><u>(4)</u>

（1）　星　　　　1．つき　　　　2．ほし　　　　3．そら　　　　4．ひ

（2）　光　　　　1．ひかり　　　2．あかり　　　3．すがた　　　4．かたち

（3）・三百　　　1．さんひゃく　2．さんひゃく　3．さんぴゃく　4．さんびゃく

（4）　万年　　　1．おくねん　　2．まんねん　　3．ちょうねん　4．せんねん

問 6　<u>英和</u><u>辞典</u>で　<u>調べ</u>ましたが　よく　わかりませんでした。
<u>(1)</u>　<u>(2)</u>　　<u>(3)</u>

（1）　英和　　　1．わえい　　　2．わえ　　　　3．えいわ　　　4．えわ

（2）　辞典　　　1．じしょ　　　2．じびき　　　3．じてん　　　4．ずかん

（3）　調べ　　　1．しらべ　　　2．くらべ　　　3．ならべ　　　4．まなべ

問題Ⅱ　次の　文の　_____　の　ことばは、漢字（漢字と　かな）で　どう　書きますか。
　　　　1・2・3・4から　いちばん　いい　ものを　一つ　えらびなさい。

（例）　　　にちようびに　うみで　およぎました。
　　　　うみ　　　1．海　　2．川　　3．河　　4．湖

（解答用紙）

（例）	●	②	③	④

問 1　<u>みみ</u>の　<u>おく</u>に　<u>ちいさな</u>　<u>むし</u>が　はいって　しまいました。
　　　<u>(1)</u>　　<u>(2)</u>　　<u>(3)</u>　　<u>(4)</u>

（1）　みみ　　　　1．貝　　　　2．目　　　　3．月　　　　4．耳

（2）　おく　　　　1．内　　　　2．中　　　　3．奥　　　　4．裏

（3）　ちいさな　　1．中さな　　2．大さな　　3．少さな　　4．小さな

（4）　むし　　　　1．虫　　　　2．史　　　　3．兄　　　　4．足

問 2　<u>ちちおや</u>は　こどもの　とき　<u>しんだ</u>ので　<u>かお</u>も　<u>おぼえて</u>　いません。
　　　<u>(1)</u>　　　　　　　　<u>(2)</u>　　　<u>(3)</u>　　<u>(4)</u>

（1）　ちちおや　　1．母親　　　2．母新　　　3．父新　　　4．父親

（2）　しんだ　　　1．死んだ　　2．列んだ　　3．化んだ　　4．花んだ

（3）　かお　　　　1．頭　　　　2．顔　　　　3．頃　　　　4．項

（4）　おぼえて　　1．思えて　　2．覚えて　　3．想えて　　4．知えて

問3　しんりがくか　きょういくがくを　せんこうする　つもりです。
　　　　⎽⎽⎽⎽⎽⎽⎽　　⎽⎽⎽⎽⎽⎽⎽⎽⎽　　⎽⎽⎽⎽⎽⎽
　　　　　(1)　　　　　　(2)　　　　　　(3)

　　（1）　しんりがく　　　　1．真理学　　　2．神理学　　　3．心理学　　　4．信理学

　　（2）　きょういくがく　　1．数育学　　　2．教育学　　　3．教養学　　　4．数養学

　　（3）　せんこう　　　　　1．選考　　　　2．専攻　　　　3．先行　　　　4．選講

問4　そつぎょうしたら　けっこんしようと　いう　やくそくでした。
　　　⎽⎽⎽⎽⎽⎽⎽⎽⎽⎽⎽　⎽⎽⎽⎽⎽⎽⎽⎽⎽⎽⎽⎽⎽　　　⎽⎽⎽⎽⎽⎽
　　　　(1)　　　　　　　(2)　　　　　　　　　　(3)

　　（1）　そつぎょう　　　　1．終業　　　　2．率業　　　　3．平業　　　　4．卒業

　　（2）　けっこん　　　　　1．結婚　　　　2．給婚　　　　3．婚結　　　　4．婚給

　　（3）　やくそく　　　　　1．約束　　　　2．約東　　　　3．釣束　　　　4．釣東

問5　きのうの　かじの　げんいんは　タバコだったそうです。
　　　　　　　⎽⎽⎽⎽　⎽⎽⎽⎽⎽⎽
　　　　　　　(1)　　(2)

　　（1）　かじ　　　　　　　1．燃事　　　　2．火事　　　　3．炊事　　　　4．焼事

　　（2）　げんいん　　　　　1．原因　　　　2．元因　　　　3．原困　　　　4．元困

問6　こうつうじこで　にゅういんして　しゅじゅつを　うけました。
　　　⎽⎽⎽⎽⎽⎽⎽⎽⎽　⎽⎽⎽⎽⎽⎽⎽⎽⎽　⎽⎽⎽⎽⎽⎽⎽⎽　⎽⎽⎽⎽
　　　　(1)　　　　　　(2)　　　　　　(3)　　　　　(4)

　　（1）　こうつう　　　　　1．公通　　　　2．航道　　　　3．交通　　　　4．行道

　　（2）　にゅういん　　　　1．入員　　　　2．人員　　　　3．人院　　　　4．入院

　　（3）　しゅじゅつ　　　　1．美術　　　　2．芸術　　　　3．施術　　　　4．手術

　　（4）　うけ　　　　　　　1．受け　　　　2．安け　　　　3．愛け　　　　4．字け

問題III　次の　文の　⎽⎽⎽⎽⎽⎽⎽の　ところに　何を　入れますか。

　　　　1・2・3・4から　いちばん　いい　もの を　一つ　えらびなさい。

（例）　　　まいあさ　⎽⎽⎽⎽⎽⎽⎽を　よみます。

　　　　　　1．コーヒー　　2．しんぶん　　3．くるま　　4．べんきょう

（解答用紙）	（例）	①	●	③	④

　　（1）　わたしは　いもうとが　⎽⎽⎽⎽⎽⎽⎽　います。

　　1．ふたつ　　　　　2．ふつか　　　　　3．ふつう　　　　　4．ふたり

　　（2）　あついので　まどを　⎽⎽⎽⎽⎽⎽⎽　ください。

1．あけて　　　　2．かけて　　　　3．つけて　　　　4．むけて

（3）　たかい　やまに　のぼると　くうきが　_____　なります。

1．あつく　　　　2．うすく　　　　3．さむく　　　　4．おもく

（4）　りょこうを　するために　おかねを　_____　います。

1．たりて　　　　2．たして　　　　3．ためて　　　　4．たまって

（5）　あの　_____は　とても　おいしいので　ゆうめいです。

1．スーパー　　　2．レストラン　　3．アパート　　　4．ビル

（6）　なにか　わたしに　_____　ことが　あれば　いって　ください。

1．させる　　　　2．したい　　　　3．ほしい　　　　4．できる

（7）　としょかんで　かりた　ほんを　_____か。

1．かしました　　2．かえしました　3．なおしました　4．もどしました

（8）　あなたの　ことは　_____　わすれません。

1．ぜんぜん　　　2．とても　　　　3．けっして　　　4．ほとんど

（9）　やすみの　ひは　なにも　しないで　_____するのが　いちばんです。

1．しっかり　　　2．きちんと　　　3．のんびり　　　4．さっぱり

（10）　つよい　かぜが　_____、きが　たおれたり　いえが　こわれたり　しました。

1．ひいて　　　　2．ふって　　　　3．ふんで　　　　4．ふいて

問題Ⅳ　次の　_____の　文と　だいたい　同じ　いみの　文は　どれですか。

　　　1・2・3・4から　いちばん　いい　ものを　一つ　えらびなさい。

（例）　　やさいは　きらいです。

　　　　1．やさいは　すきでは　ありません。

　　　　2．やさいは　おいしいです。

　　　　3．やさいは　えいようが　ありません。

　　　　4．やさいは　よく　たべます。

（解答用紙）　| （例） | ● | ② | ③ | ④ |

（1）　おばの　うちへ　あそびに　行きました。

　　　　1．ははの　おとうとの　うちへ　あそびに　行きました。

　　　　2．ははの　あねの　うちへ　あそびに　行きました。

3．ちちの　おとうとの　うちへ　あそびに　行きました。

　　4．ちちの　あにの　うちへ　あそびに　行きました。

（2）　ここは　おくじょうです。

　　1．ここは　たてものの　いちばん　うえです。

　　2．ここは　たてものの　いちばん　したです。

　　3．ここは　たてものの　なかです。

　　4．ここは　じめんの　したです。

（3）　しごとを　やりなおしました。

　　1．しごとが　おわりました。

　　2．よくない　ところを　なおしました。

　　3．もう　いちど　はじめから　しました。

　　4．しごとを　とちゅうで　やめました。

（4）　田中さんを　ごぞんじですか。

　　1．田中さんが　すきですか。

　　2．田中さんを　さそいますか。

　　3．田中さんに　会った　ことが　ありますか。

　　4．田中さんを　そんけいして　いますか。

（5）　ヤンさんは　「そろそろ　しつれいします。」と　いいました。

　　1．ヤンさんは　へやに　はいろうと　して　います。

　　2．ヤンさんは　もう　かえろうと　して　います。

　　3．ヤンさんは　あやまって　います。

　　4．ヤンさんは　あいさつを　して　います。

（6）　きのう　鈴木先生に　お目に　かかりました。

　　1．きのう　鈴木先生に　お会いしました。

　　2．きのう　鈴木先生に　しかられました。

　　3．きのう　鈴木先生に　ほめられました。

　　4．きのう　鈴木先生に　ごそうだんしました。

（7）　あの　二人は　そっくりですね。

1. あの 二人は よく にて いますね。

2. あの 二人は すこし にて いますね。

3. あの 二人は ぜんぜん にて いませんね。

4. あの 二人は あまり にて いませんね。

(8) ガンは おそろしい びょうきです。

1. ガンは わるい びょうきです。

2. ガンは つらい びょうきです。

3. ガンは こわい びょうきです。

4. ガンは くるしい びょうきです。

(9) こんな ところに くるまを とめたら、みんなが めいわくしますよ。

1. こんな ところに くるまを とめたら、みんなが たすかりますよ。

2. こんな ところに くるまを とめたら、みんなが おこりますよ。

3. こんな ところに くるまを とめたら、みんなが べんりですよ。

4. こんな ところに くるまを とめたら、みんなが こまりますよ。

(10) ヤンさんは 山田さんに 英語を おしえて います。

1. ヤンさんは 山田さんに 英語を ならって います。

2. ヤンさんは 山田さんに 英語を おそわって います。

3. 山田さんは ヤンさんに 英語を ならって います。

4. 山田さんは ヤンさんに 英語を おしえて います。

問題 I

例

1番

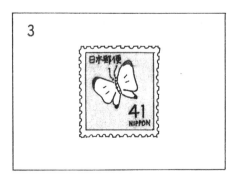
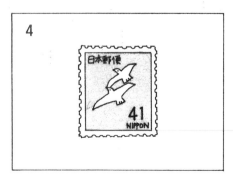

2 番

3 番

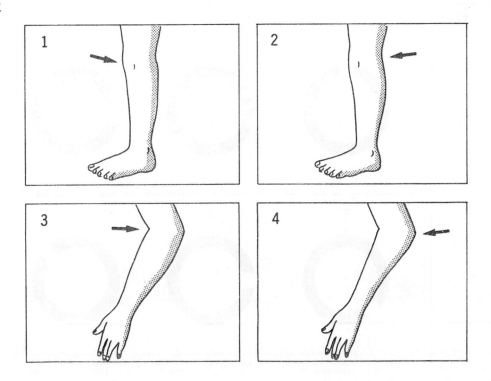

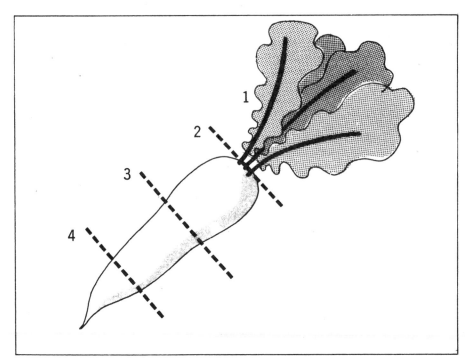

5番 <ruby>番<rt></rt></ruby>

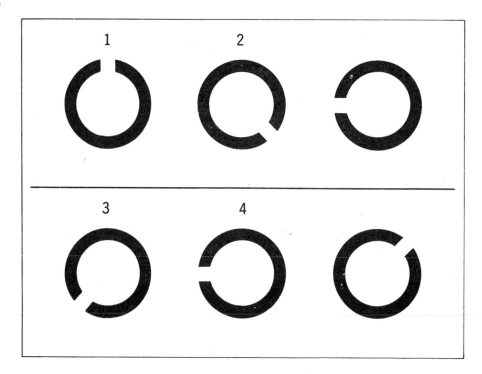

6 番

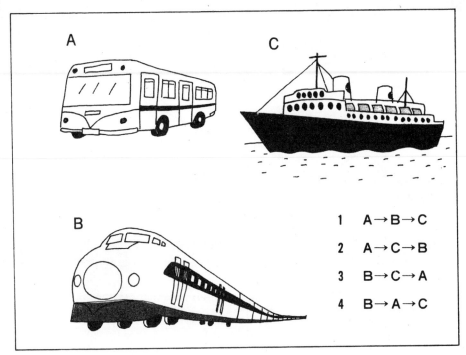

A

C

B

1　A→B→C
2　A→C→B
3　B→C→A
4　B→A→C

7 番

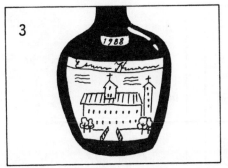

8 番

9 番

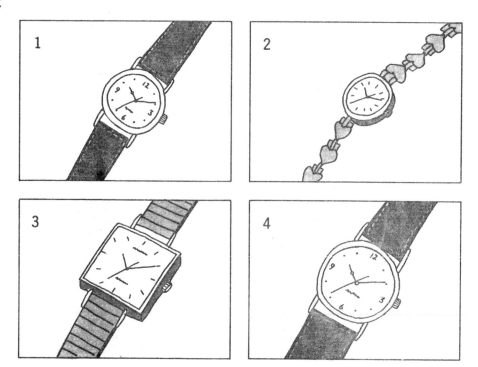

10番

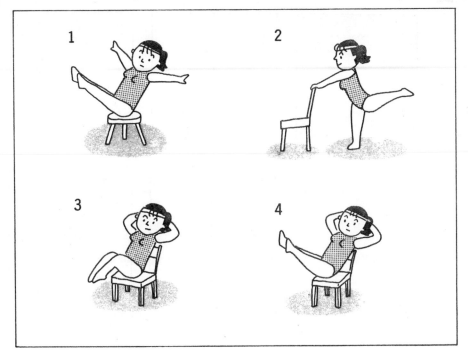

11番

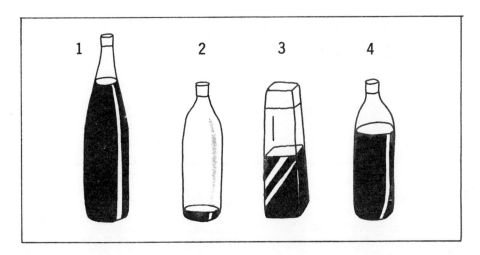

12番

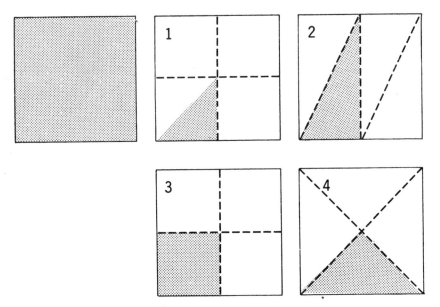

問題IIと 問題IIIは 絵は ありません。

この ページは メモに 使っても いいです。

問題Ⅰ 　＿＿＿＿＿の ところに どんな ことばを 入れたら いいですか。

　　　　1・2・3・4から いちばん いい ものを 一つ えらびなさい。

（例）　わたしは　りんご＿＿＿＿＿　すきです。

　　　　1．を　　　2．が　　　3．に　　　　4．の

（解答用紙）

（例）	①	●	③	④

（1）　ふじさんが　どこに　ある＿＿＿＿＿　しって　いますか。

　　　1．と　　　　　2．を　　　　　3．の　　　　　4．か

（2）　毎日　雨＿＿＿＿＿　ふって　います。

　　　1．ばかり　　　2．なら　　　　3．だけ　　　　4．しか

（3）　田中さんは　いつも　おそく＿＿＿＿＿　勉強します。

　　　1．までに　　　2．までで　　　3．まで　　　　4．にまで

（4）　音楽を　聞き＿＿＿＿＿　コーヒーを　のみました。

　　　1．し　　　　　2．ながら　　　3．たり　　　　4．て

（5）　さいふに　お金が　あと　千円＿＿＿＿＿　ありません。

　　　1．だけ　　　　2．さえ　　　　3．しか　　　　4．ぐらい

（6）　もっと　くわしい　じしょ＿＿＿＿＿　ほしいです。

　　　1．が　　　　　2．は　　　　　3．で　　　　　4．に

（7）　練習＿＿＿＿＿　すれば　だれでも　きれいな　字が　書けるように　なります。

　　　1．でも　　　　2．しか　　　　3．だけ　　　　4．さえ

（8）　田中さんは　山下さんの　いもうと＿＿＿＿＿　結婚しました。

　　　1．に　　　　　2．を　　　　　3．と　　　　　4．が

（9）　すみませんが、駅＿＿＿＿＿　どう　行ったら　いいでしょうか。

　　　1．には　　　　2．にも　　　　3．のに　　　　4．とは

（10）　みかんは　やすくて　おいしい＿＿＿＿＿、えいようも　あります。

　　　1．ので　　　　2．し　　　　　3．と　　　　　4．から

（11）　さむかったので　ストーブを　つけた＿＿＿＿＿　ねて　しまいました。

1．など 　　　　2．ばかり 　　　3．ほど 　　　　4．まま

（12）山田さんは スポーツ_____ なんでも じょうずです。

　　1．たら 　　　　2．なら 　　　　3．から 　　　　4．には

（13）おいしい ケーキを もらった_____、はが いたくて たべられません。

　　1．ので 　　　　2．のに 　　　　3．だから 　　　　4．でも

問題II _____の ところに どんな ことばを 入れたら いいですか。

　　　1・2・3・4から いちばん いい ものを 一つ えらびなさい。

（例）　ホテルは とても _____、しずかでした。

　　　　1．きれいで 　　　2．きれいだ 　　　3．きれいな 　　　4．きれい

（解答用紙）	（例）	●	②	③	④

（1）これは ヤンさんが _____ えです。

　　1．かく 　　　　2．かいた 　　　3．かいたの 　　　4．かきますの

（2）母は 子どもの とき わたしに 英語を _____ くれました。

　　1．ならって 　　2．ならわれて 　　3．ならわせて 　　4．ならえば

（3）日本語を _____のは むずかしいです。

　　1．話し 　　　　2．話す 　　　　3．話して 　　　　4．話した

（4）小さくて よく 見えませんから、もう 少し _____ 書いて ください。

　　1．大きくて 　　2．大きく 　　　3．大き 　　　　4．大きい

（5）電車が なかなか _____、おそく なりました。

　　1．来て 　　　　2．来た 　　　　3．来ないで 　　　4．来なくて

（6）いくら 電話を _____、だれも 出ません。

　　1．したら 　　　2．しても 　　　3．すれば 　　　4．するなら

（7）たとえ _____ 一週間に 一回は 手紙を 書いて ください。

　　1．いそがしくないと 　2．いそがしくても 　3．いそがしかったら 　4．いそがしいなら

（8）のめない おさけを _____、つぎの 日 わたしは たいへんでした。

　　1．のめて 　　　2．のまれて 　　　3．のませて 　　　4．のまされて

（9）ヤンさんは 山下さんに 映画に _____ました。

　　1．さそい 　　　2．さそわせて 　　　3．さそわれ 　　　4．さそって

(10) そらが くらく なって、今にも 雨が ＿＿＿＿＿そうです。

　　1．ふり　　　　　2．ふる　　　　　3．ふれ　　　　　4．ふられ

(11) 電車に かさを わすれて きて ＿＿＿＿＿。

　　1．みました　　　2．おきました　　　3．しまいました　　4．いきました

問題III　＿＿＿＿＿の ところに どんな ことばを 入れたら いいですか。

　　　　　1・2・3・4から いちばん いい ものを 一つ えらびなさい。

(例)　＿＿＿＿＿　本田さんの でんわばんごうを 知りませんか。

　　　　　1．いつか　　　　　2．だれか　　　　　3．どこか　　　　　4．どうか

(解答用紙)

(例)	①	●	③	④

(1) ＿＿＿＿＿ 勉強しても しすぎる ことは ありません。

　　1．どんなに　　　2．どれかに　　　3．どちらに　　　4．どの

(2) 「こんなに おそくなるなら、＿＿＿＿＿ 電話して くれないの。しんぱいしたで

　　しょう。」

　　　　　「ごめん、ごめん。」

　　1．どうやって　　　2．どうすれば　　　3．どうして　　　4．どのように

(3) あきが きて、ふゆが きました。＿＿＿＿＿、ゆきが ふりました。

　　1．すると　　　　　2．そして　　　　　3．ところが　　　4．ところで

(4) この ジュースには さとうが はいって いません。＿＿＿＿＿、あまり あまく

　　ありません。

　　1．だから　　　　　2．そのうえ　　　　3．しかし　　　　4．でも

(5) リーさんは なんども 試験に おちました。＿＿＿＿＿、あきらめませんでした。

　　1．それでも　　　　2．そのうえ　　　　3．これから　　　4．それとも

問題IV　会社で 部長と 部下が 話して います。＿＿＿＿＿の ところに どんな こと
　　ばを 入れたら いいですか。1・2・3・4から いちばん いい ものを 一つ え
　　らびなさい。

部下　　「おはよう ございます。きのうの ゴルフは ＿＿(1)＿＿。

1．どうだ	2．どうだった
3．いかがですか	4．いかがでしたか

部長　「いやあ、さんざんだったよ。雨には　　(2)　　し、

1．ふる	2．ふった
3．ふられる	4．ふらせる

　　　かえりの　電車で　さいふは　　　(3)　　し。」

1．とる	2．とった
3．とられる	4．とらせた

部下　「えっ、さいふを。」

部長　「うん。うわぎの　ポケットに　　(4)　　んだ。

1．いれて　ある	2．はいった
3．いれる	4．いれて　あった

　　　おとす　　(5)　　んだよ。

1．つもりは　ない	2．つもりだった
3．はずは　ない	4．はずだった

　　　うわぎを　ぬいで　つい　うとうと　　　(6)　　んだね。」

1．ぬられた	2．ねて　おいた
3．ねて　しまった	4．ねかせた

部下　「はあ。その　あいだに。」

部長　「うん。はなしには　きいて　いたが、まさか　じぶんが　　　(7)　　とはね。」

1．やる	2．やられる
3．やらせる	4．やらされる

部下　「いくらぐらい　　(8)　　んですか。」

1．いれた	2．はいった
3．はいって　いた	4．いれて　いる

部長　「いや、げんきんは　たいした　こと　ないんだ。ただ、さいふが　つまからの　プレゼントでね。せんげつ　　(9)　　ばかり　だったんだ。

1．もらった	2．いただいた
3．くださった	4．あげた

　　　はやく　　(10)　　とは　思うんだが、なかなか　言えなくて　こまって　いるんだよ。きっと　おこるだろうなあ。」

1．言わない'   2．言った

3．言わなかったら   4．言わなければ

問題V 次の （1）から （5）の 文と だいたい 同じ いみの 文は どれですか。
1・2・3・4から いちばん いい ものを 一つ えらびなさい。

（例） 山田さんも リーさんも 早く はしりますが、だれも ヤンさんより 早くは
はしれません。

1．ヤンさんは 山田さんと おなじ くらい 早く はしります。

2．ヤンさんは 山田さんと おなじ くらい 早くは はしれません。

3．ヤンさんは リーさんと おなじ くらい 早く はしります。

4．ヤンさんは 三人の なかで いちばん 早く はしります。

（解答用紙）	（例）	①	②	③	●

（1） 田中さんが おしえて くれなかったら、きが つかないで 行って しまう とこ
ろでした。

1．田中さんが おしえて くれたので、行きました。

2．田中さんが おしえて くれたので、行きませんでした。

3．田中さんが おしえて くれなかったので、行きました。

4．田中さんが おしえて くれなかったので、行きませんでした。

（2） 小川「チンさんは いつも すこし おくれて 来ますが、こんなに おそく なる
ことは ありませんから、きっと なにか ようじでも できたのでしょう。」

1．小川さんは チンさんが もう 来ないだろうと 思っています。

2．小川さんは チンさんが きっと 来ると 思っています。

3．小川さんは チンさんが 来ないはずが ないと 思っています。

4．小川さんは チンさんが すこし おくれて 来るかも しれないと 思っています。

（3） どうして 山田さんが あんなに おこったのか かんがえれば かんがえるほど わ
からなく なります。

1．どうして 山田さんが あんなに おこったのか わからないので よくかんがえま
した。

133

２．どうして　山田さんが　あんなに　おこったのか　よく　かんがえましたが、ぜんぜん　わかりません。

３．どうして　山田さんが　あんなに　おこったのか　よく　かんがえれば　わかるかも　しれません。

４．どうして　山田さんが　あんなに　おこったのか　よく　かんがえなければ　なりません。

（４）「ヤンさん、これは　大山（おおやま）先生から　いただいた　じしょだけど、わたしは　もう　つかわないから　あげますよ。」と　チンさんが　言いました。

１．大山先生は　ヤンさんに　じしょを　あげました。

２．ヤンさんは　大山先生に　じしょを　いただきました。

３．チンさんは　大山先生に　じしょを　さしあげました。

４．ヤンさんは　チンさんに　じしょを　もらいました。

（５）日本の　しゃかいに　ついて　けんきゅうする　人には、ある　ていど　日本語の　ちしきが　あった　ほうが　いいのでは　ないでしょうか。

１．日本の　しゃかいに　ついて　けんきゅうする　人は、日本語が　じょうずに　話せなければ　なりません。

２．日本の　しゃかいに　ついて　けんきゅうする　人は、日本語は　話せなくても　ぜんぜん　かまいません。

３．日本語が　ぜんぜん　わからない　人が、日本の　しゃかいに　ついて　けんきゅうするのは　きっと　むずかしいと　思います。

４．日本語が　ぜんぜん　わからない　人が、日本の　しゃかいに　ついて　けんきゅうしても　いいと　思います。

問題Ⅵ　次の　ぶんしょうを　読んで　あとの　しつもんに　答えなさい。答えは1・2・3・4　から　いちばん　いいものを　一つ　えらびなさい。

　15年くらい　前、はじめて　テープレコーダーで　じぶんの　声を　聞いて、とても　おどろきました。へんな　声で、話しかたも　よく　ありませんでした。とても　はずかしく　なりました。へんな　声で　いろいろな　人と　話して　いたのです。

　話す　ことは、手紙（てがみ）を　書くのとは　ちがって、すぐに　忘（わす）れられて　しまうだろうと　思って　いました。でも、じぶんの　声を　聞いて、声も、心（こころ）の　中に　いつまでも　のこる　こ

とが　わかりました。

　わたしの　ような　聞きにくい　声では、ていねいに　話さなければ、よく　わかりません。もし、らんぼうで　わかりにくい　話しかたを　すると、聞いて　いる　人は、いやな　気に　なるでしょう。

　じぶんの　声を　聞いてからは、だれかと　話す　ときも、電話（でんわ）を　かける　ときも、できるだけ　きれいに　話す　ことに　しました。

　声が　いい　人は、わたしの　ような　しんぱいを　しなくても　いいので、とても　うらやましいです。

問1　この　人は、どうして　テープレコーダーの　じぶんの　声を　聞いて　おどろいたのですか。

　　1．テープレコーダーで　じぶんの　声を聞くのは　はじめてだったから。

　　2．15年くらい　前は、テープレコーダーが　めずらしかったから。

　　3．へんな　声で、話しかたも　よく　なかったから。

　　4．いろいろな　人と　話して　いたから。

問2　この　人は、じぶんの　声を　聞くまで、話す　ことと　手紙（てがみ）を　書く　ことの、どちらが　たいせつだと　思って　いましたか。

　　1．話す　ことです。

　　2．手紙を　書く　ことです。

　　3．どちらも　同じ　くらい　たいせつだと　思って　いました。

　　4．どちらも　たいせつだと　思って　いませんでした。

問3　いま　この　人は、話す　ことと、手紙を　書く　ことの　どちらが　たいせつだと　思って　いますか。

　　1．話す　ことです。

　　2．手紙を　書く　ことです。

　　3．どちらも　同じくらい　たいせつだと　思って　います。

　　4．どちらも　たいせつだと　思って　いません。

問4　どうして　そう　思う　ように　なったのですか。

　　1．話す　ことは、すぐに　わすれられてしまうから。

　　2．手紙は　いつまでも　のこる　ものだから。

　　3．声も　手紙の　ように、心の　中に　のこる　ことが　わかったから。

　　4．どちらも　わかれば　いいから。

問5 いま この 人は、どんな 話しかたを して いますか。

　1．わかりにくい 話しかたを します。

　2．なるべく 早く 話します。

　3．聞いて いる 人を いやな 気に させます。

　4．できるだけ きれいに 話します。

問6 どうして そう する ように なったのですか。

　1．聞きにくい 声なので、話しかたを ていねいに しなければ、わかって もらえない
　　と 思ったから。

　2．じぶんの 声が 聞きにくいので、いい 声に なりたいと 思ったから。

　3．どんな 声で、どのように 話しても、かまわないと 思ったから。

　4．いい 声の 人は、どのように 話しても、きれいに 聞こえると 思ったから。

3級模擬試験　解答用紙

文字・語彙

解答欄　問題 I

		①	②	③	④
（例）		①	●	③	④
問1	(1)	①	②	③	④
	(2)	①	②	③	④
	(3)	①	②	③	④
問2	(1)	①	②	③	④
	(2)	①	②	③	④
	(3)	①	②	③	④
問3	(1)	①	②	③	④
	(2)	①	②	③	④
	(3)	①	②	③	④
	(4)	①	②	③	④
問4	(1)	①	②	③	④
	(2)	①	②	③	④
	(3)	①	②	③	④
問5	(1)	①	②	③	④
	(2)	①	②	③	④
	(3)	①	②	③	④
	(4)	①	②	③	④
問6	(1)	①	②	③	④
	(2)	①	②	③	④
	(3)	①	②	③	④

解答欄　問題 II

		①	②	③	④
（例）		●	②	③	④
問1	(1)	①	②	③	④
	(2)	①	②	③	④
	(3)	①	②	③	④
	(4)	①	②	③	④
問2	(1)	①	②	③	④
	(2)	①	②	③	④
	(3)	①	②	③	④
	(4)	①	②	③	④
問3	(1)	①	②	③	④
	(2)	①	②	③	④
	(3)	①	②	③	④
問4	(1)	①	②	③	④
	(2)	①	②	③	④
	(3)	①	②	③	④
問5	(1)	①	②	③	④
	(2)	①	②	③	④
問6	(1)	①	②	③	④
	(2)	①	②	③	④
	(3)	①	②	③	④
	(4)	①	②	③	④

解答欄　問題 III

	①	②	③	④
（例）	①	②	●	④
(1)	①	②	③	④
(2)	①	②	③	④
(3)	①	②	③	④
(4)	①	②	③	④
(5)	①	②	③	④
(6)	①	②	③	④
(7)	①	②	③	④
(8)	①	②	③	④
(9)	①	②	③	④
(10)	①	②	③	④

解答欄　問題 IV

	①	②	③	④
（例）	●	②	③	④
(1)	①	②	③	④
(2)	①	②	③	④
(3)	①	②	③	④
(4)	①	②	③	④
(5)	①	②	③	④
(6)	①	②	③	④
(7)	①	②	③	④
(8)	①	②	③	④
(9)	①	②	③	④
(10)	①	②	③	④

聴解

解答欄　問題 I

		①	②	③	④
例	正しい	①	②	●	④
	正しくない	●	●	③	●
1番	正しい	①	②	③	④
	正しくない	①	②	③	④
2番	正しい	①	②	③	④
	正しくない	①	②	③	④
3番	正しい	①	②	③	④
	正しくない	①	②	③	④
4番	正しい	①	②	③	④
	正しくない	①	②	③	④
5番	正しい	①	②	③	④
	正しくない	①	②	③	④
6番	正しい	①	②	③	④
	正しくない	①	②	③	④
7番	正しい	①	②	③	④
	正しくない	①	②	③	④
8番	正しい	①	②	③	④
	正しくない	①	②	③	④
9番	正しい	①	②	③	④
	正しくない	①	②	③	④
10番	正しい	①	②	③	④
	正しくない	①	②	③	④
11番	正しい	①	②	③	④
	正しくない	①	②	③	④
12番	正しい	①	②	③	④
	正しくない	①	②	③	④

解答欄　問題 II

		①	②	③	④
例	正しい	●	②	③	④
	正しくない	①	●	●	●
1番	正しい	①	②	③	④
	正しくない	①	②	③	④
2番	正しい	①	②	③	④
	正しくない	①	②	③	④
3番	正しい	①	②	③	④
	正しくない	①	②	③	④
4番	正しい	①	②	③	④
	正しくない	①	②	③	④
5番	正しい	①	②	③	④
	正しくない	①	②	③	④
6番	正しい	①	②	③	④
	正しくない	①	②	③	④
7番	正しい	①	②	③	④
	正しくない	①	②	③	④

解答欄　問題 III

		①	②	③	④
例	正しい	①	②	③	④
	正しくない	●	●	③	●
1番	正しい	①	②	③	④
	正しくない	①	②	③	④
2番	正しい	①	②	③	④
	正しくない	①	②	③	④
3番	正しい	①	②	③	④
	正しくない	①	②	③	④
4番	正しい	①	②	③	④
	正しくない	①	②	③	④
5番	正しい	①	②	③	④
	正しくない	①	②	③	④
6番	正しい	①	②	③	④
	正しくない	①	②	③	④

読解・文法

解答欄 問題 I

	①	②	③	④
(例)	①	●	③	④
(1)	①	②	③	④
(2)	①	②	③	④
(3)	①	②	③	④
(4)	①	②	③	④
(5)	①	②	③	④
(6)	①	②	③	④
(7)	①	②	③	④
(8)	①	②	③	④
(9)	①	②	③	④
(10)	①	②	③	④
(11)	①	②	③	④
(12)	①	②	③	④
(13)	①	②	③	④

解答欄 問題 II

	①	②	③	④
(例)	●	②	③	④
(1)	①	②	③	④
(2)	①	②	③	④
(3)	①	②	③	④
(4)	①	②	③	④
(5)	①	②	③	④
(6)	①	②	③	④
(7)	①	②	③	④
(8)	①	②	③	④
(9)	①	②	③	④
(10)	①	②	③	④
(11)	①	②	③	④

問題 III

	①	②	③	④
(例)	①	●	③	④
(1)	①	②	③	④
(2)	①	②	③	④
(3)	①	②	③	④
(4)	①	②	③	④
(5)	①	②	③	④

解答欄 問題 IV

	①	②	③	④
(1)	①	②	③	④
(2)	①	②	③	④
(3)	①	②	③	④
(4)	①	②	③	④
(5)	①	②	③	④
(6)	①	②	③	④
(7)	①	②	③	④
(8)	①	②	③	④
(9)	①	②	③	④
(10)	①	②	③	④

問題 V

	①	②	③	④
(例)	①	②	③	●
(1)	①	②	③	④
(2)	①	②	③	④
(3)	①	②	③	④
(4)	①	②	③	④
(5)	①	②	③	④

解答欄 問題 VI

	①	②	③	④
問1	①	②	③	④
問2	①	②	③	④
問3	①	②	③	④
問4	①	②	③	④
問5	①	②	③	④

日本語能力試験の構成及び認定基準

級	講成			認定基準
	類　別	時間	配点	
1	文字・語彙	45分	100点	高度の文法・漢字（2,000字程度）・語彙（10,000語程度）を習得し、社会生活をする上で必要であるとともに、大学における学習・研究の基礎としても役立つような、総合的な日本語能力。（日本語を900時間程度学習したレベル）
	聴　解	45分	100点	
	読解・文法	90分	200点	
	計	180分	400点	
2	文字・語彙	35分	100点	やや高度の文法・漢字（1,000字程度）・語彙（6,000語程度）を習得し、一般的なことがらについて、会話ができ、読み書きできる能力。（日本語を600時間程度学習し、中級日本語コースを修了したレベル）
	聴　解	35分	100点	
	読解・文法	70分	200点	
	計	140分	400点	
3	文字・語彙	35分	100点	基本的な文法・漢字（300字程度）・語彙（1,500語程度）を習得し、日常生活に役立つ会話ができ、簡単な文章が読み書きできる能力。（日本語を300時間程度学習し、初級日本語コースを修了したレベル）
	聴　解	35分	100点	
	読解・文法	70分	200点	
	計	140分	400点	
4	文字・語彙	25分	100点	初歩的な文法・漢字（100字程度）・語彙（800語程度）を習得し、簡単な会話ができ、平易な文、又は短い文章が読み書きできる能力。（日本語を150時間程度学習し、初級日本語コース前半を修了したレベル）
	聴　解	25分	100点	
	読解・文法	50分	200点	
	計	100分	400点	

予想と対策

日本語能力試験 3・4級受験問題集

Preparation & Strategy
Practice Questions for the Japanese Language Proficiency Test Level 3.4

別冊付録

Appendix

アルク

目　次

4級練習問題　正解

■文字・語彙■

もんだい I

とい1　(1)1　(2)2　(3)3　(4)4

とい2　(1)1　(2)3　(3)2

とい3　(1)1　(2)2　(3)4　(4)4

とい4　(1)2　(2)1　(3)3　(4)4

もんだい II

とい1　(1)2　(2)3　(3)4　(4)3　(5)4

とい2　(1)1　(2)2　(3)2

とい3　(1)4　(2)4　(3)1　(4)3

とい4　(1)4　(2)3　(3)1　(4)2

もんだい III

とい1　(1)3　(2)3　(3)2　(4)1

とい2　(1)2　(2)4　(3)3　(4)1

　　　　(5)2　(6)4

もんだい IV

とい1　(1)3　(2)2　(3)1

とい2　(1)3　(2)2　(3)2

とい3　(1)3　(2)1　(3)2　(4)4

もんだい V

(1)2　(2)2　(3)3　(4)4　(5)4

(6)1　(7)4　(8)2　(9)3　(10)2

もんだい VI

(1)2　(2)3　(3)1　(4)4　(5)3

(6)4　(7)2　(8)4　(9)1　(10)2

■聴解■

もんだい I

1ばん　3，　2ばん　2，　3ばん　4，

4ばん　4，　　5ばん　3

もんだい II

1ばん　4，　2ばん　3，3ばん　2，

4ばん　1，　5ばん　4

もんだい III

1ばん　4，　　2ばん　3，3ばん　3，

4ばん　4，　5ばん，4

■読解・文法■

もんだい I

(1)3　(2)2　(3)1　(4)3　(5)2

(6)4　(7)2　(8)4　(9)1　(10)2

もんだい II

(1)2　(2)1　(3)4　(4)3　(5)4

(6)3　(7)3　(8)1　(9)4　(10)2

もんだい III

(1)4　(2)2　(3)3　(4)3　(5)1

(6)4　(7)1　(8)4　(9)2　(10)3

もんだい IV

(1)1　(2)2　(3)2　(4)3　(5)4

(6)2　(7)4　(8)2　(9)1　(10)3

もんだい V

(1)4　(2)3　(3)3　(4)1　(5)2

(6)3　(7)1　(8)2　(9)2　(10)3

もんだい VI

(1)2　(2)4　(3)2　(4)3　(5)1

(6)2　(7)4　(8)3　(9)4　(10)2

もんだい VII

(1)3　(2)1　(3)4　(4)1　(5)2

３級練習問題　正解

文字・語彙
もじ　ごい

▶漢字　読み方
かんじ　よ　かた

問題Ⅰ

(1) 1　　(2) 4　　(3) 3　　(4) 3　　(5) 3

(6) 4　　(7) 2　　(8) 1　　(9) 4　　(10) 4

(11) 2　(12) 3　(13) 2　(14) 1　(15) 3

問題Ⅱ

(1) 2　　(2) 4　　(3) 1　　(4) 2　　(5) 3

(6) 1　　(7) 2　　(8) 3　　(9) 4　　(10) 2

(11) 2　(12) 4　(13) 2　(14) 2　(15) 3

(16) 1　(17) 2　(18) 1　(19) 2　(20) 3

問題Ⅲ

(1) 1　　(2) 1　　(3) 3　　(4) 4　　(5) 1

(6) 3　　(7) 4　　(8) 2　　(9) 4　　(10) 3

(11) 1　(12) 2　(13) 4　(14) 2　(15) 1

(16) 2　(17) 3　(18) 2　(19) 3　(20) 2

問題Ⅳ

(1) 3　　(2) 4　　(3) 4　　(4) 4　　(5) 3

(6) 4　　(7) 1　　(8) 2　　(9) 4　　(10) 3

(11) 2　(12) 3　(13) 2　(14) 2　(15) 3

(16) 1　(17) 1　(18) 3　(19) 3　(20) 1

問題Ⅴ

(1) 3　　(2) 1　　(3) 3　　(4) 4　　(5) 2

(6) 4　　(7) 1　　(8) 2　　(9) 3　　(10) 4

(11) 2　(12) 2　(13) 4　(14) 3　(15) 4

(16) 4　(17) 1　(18) 4　(19) 2　(20) 4

▶漢字　書き方
かんじ　か　かた

問題Ⅰ

(1) 2　　(2) 4　　(3) 4　　(4) 1　　(5) 3

(6) 2　　(7) 2　　(8) 1　　(9) 4　　(10) 1

(11) 3　(12) 4　(13) 1　(14) 2　(15) 1

問題Ⅱ

(1) 3　　(2) 3　　(3) 4　　(4) 3　　(5) 1

(6) 4　　(7) 1　　(8) 4　　(9) 1　　(10) 2

(11) 4　(12) 3　(13) 3　(14) 1　(15) 4

(16) 2　(17) 4　(18) 1　(19) 4　(20) 2

問題Ⅲ

(1) 2　　(2) 1　　(3) 3　　(4) 4　　(5) 2

(6) 3　　(7) 4　　(8) 1　　(9) 2　　(10) 4

(11) 2　(12) 1　(13) 4　(14) 4　(15) 3

(16) 4　(17) 1　(18) 2　(19) 2　(20) 3

問題Ⅳ

(1) 4　　(2) 1　　(3) 3　　(4) 4　　(5) 3

(6) 4　　(7) 1　　(8) 3　　(9) 2　　(10) 4

(11) 3　(12) 1　(13) 2　(14) 1　(15) 2

(16) 4　(17) 1　(18) 2　(19) 4　(20) 1

問題Ⅴ

(1) 2　　(2) 1　　(3) 2　　(4) 3　　(5) 1

(6) 2　　(7) 2　　(8) 1　　(9) 2　　(10) 3

(11) 4　(12) 2　(13) 1　(14) 3　(15) 1

(16) 2　(17) 2　(18) 4　(19) 1　(20) 3

▶語彙　適語の選択
ごい　てきご　せんたく

問題Ⅰ

(1) 2　　(2) 1　　(3) 1　　(4) 1　　(5) 1

(6) 2　　(7) 3　　(8) 2　　(9) 3　　(10) 1

問題Ⅱ

(1) 2　　(2) 2　　(3) 1　　(4) 3　　(5) 2

(6) 4　　(7) 2　　(8) 1　　(9) 2　　(10) 2

問題III

(1) 2	(2) 1	(3) 2	(4) 3	(5) 2
(6) 1	(7) 4	(8) 3	(9) 3	(10) 4

問題IV

(1) 2	(2) 1	(3) 3	(4) 3	(5) 4
(6) 1	(7) 3	(8) 4	(9) 2	(10) 3

問題V

(1) 2	(2) 2	(3) 4	(4) 2	(5) 2
(6) 4	(7) 1	(8) 4	(9) 2	(10) 4

問題VI

(1) 2	(2) 4	(3) 2	(4) 3	(5) 1
(6) 3	(7) 2	(8) 4	(9) 1	(10) 2

問題VII

(1) 1	(2) 4	(3) 1	(4) 3	(5) 2
(6) 1	(7) 4	(8) 1	(9) 2	(10) 3

問題VIII

(1) 2	(2) 3	(3) 2	(4) 1	(5) 2
(6) 2	(7) 4	(8) 4	(9) 1	(10) 2

問題IX

(1) 2	(2) 3	(3) 3	(4) 2	(5) 3
(6) 2	(7) 3	(8) 1	(9) 4	(10) 4

問題X

(1) 3	(2) 4	(3) 2	(4) 3	(5) 1
(6) 3	(7) 1	(8) 2	(9) 3	(10) 1

問題XI

(1) 3	(2) 2	(3) 2	(4) 2	(5) 1
(6) 4	(7) 3	(8) 4	(9) 2	(10) 2

問題XII

(1) 4	(2) 3	(3) 3	(4) 4	(5) 3
(6) 4	(7) 1	(8) 1	(9) 2	(10) 1

▶語彙　同義文

問題I

(1) 2	(2) 4	(3) 1	(4) 1	(5) 3

---

(6) 4	(7) 2	(8) 4	(9) 2	(10) 3

問題II

(1) 3	(2) 4	(3) 4	(4) 3	(5) 1
(6) 3	(7) 2	(8) 1	(9) 4	(10) 1

問題III

(1) 3	(2) 3	(3) 4	(4) 1	(5) 2
(6) 3	(7) 1	(8) 3	(9) 3	(10) 2

問題IV

(1) 3	(2) 1	(3) 4	(4) 3	(5) 3
(6) 2	(7) 3	(8) 1	(9) 3	(10) 4

問題V

(1) 1	(2) 3	(3) 4	(4) 2	(5) 1
(6) 4	(7) 1	(8) 1	(9) 1	(10) 2

問題VI

(1) 4	(2) 2	(3) 2	(4) 3	(5) 1
(6) 1	(7) 2	(8) 3	(9) 4	(10) 3

問題VII

(1) 1	(2) 1	(3) 3	(4) 3	(5) 1
(6) 4	(7) 3	(8) 4	(9) 2	(10) 3

問題VIII

(1) 4	(2) 3	(3) 3	(4) 4	(5) 3
(6) 1	(7) 3	(8) 2	(9) 2	(10) 1

聴解

第1回	問題I	問題II	問題III
1番	2	3	2
2番	3	4	2
3番	4	3	4

第2回	問題I	問題II	問題III
1番	1	1	2
2番	4	2	4
3番	4	2	4

第3回	問題Ⅰ	問題Ⅱ	問題Ⅲ
1番	4	2	4
2番	1	1	4
3番	1	1	3

第4回	問題Ⅰ	問題Ⅱ	問題Ⅲ
1番	4	1	4
2番	2	3	2
3番	1	2	3
4番	3	──	──
5番	3	──	──

第5回	問題Ⅰ	問題Ⅱ	問題Ⅲ
1番	3	3	3
2番	3	2	2
3番	1	4	3
4番	4	──	──
5番	1	──	──

読解・文法

▶文法 適語の選択（その1）

問題Ⅰ

(1) 2　(2) 4　(3) 3　(4) 4　(5) 1
(6) 2　(7) 1　(8) 3　(9) 1　(10) 4

問題Ⅱ

(1) 1　(2) 1　(3) 2　(4) 3　(5) 1
(6) 3　(7) 4　(8) 2　(9) 4　(10) 4

問題Ⅲ

(1) 4　(2) 3　(3) 2　(4) 1　(5) 1
(6) 2　(7) 3　(8) 4　(9) 3　(10) 3

問題Ⅳ

(1) 3　(2) 2　(3) 1　(4) 4　(5) 1
(6) 3　(7) 2　(8) 3　(9) 3　(10) 2

問題Ⅴ

(1) 4　(2) 1　(3) 2　(4) 3　(5) 3
(6) 2　(7) 2　(8) 4　(9) 2　(10) 1

問題Ⅵ

(1) 2　(2) 4　(3) 1　(4) 4　(5) 1
(6) 3　(7) 4　(8) 2　(9) 3　(10) 4

▶文法 適語の選択（その2）

問題Ⅰ

(1) 2　(2) 1　(3) 3　(4) 2　(5) 3
(6) 2　(7) 1　(8) 4　(9) 3　(10) 2

問題Ⅱ

(1) 3　(2) 3　(3) 2　(4) 1　(5) 4
(6) 3　(7) 2　(8) 3　(9) 2　(10) 3

問題Ⅲ

(1) 2　(2) 1　(3) 3　(4) 4　(5) 3
(6) 4　(7) 3　(8) 4　(9) 4　(10) 1

問題Ⅳ

(1) 4　(2) 2　(3) 4　(4) 4　(5) 1
(6) 2　(7) 3　(8) 4　(9) 4　(10) 3

問題Ⅴ

(1) 3　(2) 1　(3) 4　(4) 1　(5) 3
(6) 1　(7) 3　(8) 3　(9) 4　(10) 2

問題Ⅵ

(1) 1　(2) 1　(3) 1　(4) 1　(5) 3
(6) 2　(7) 2　(8) 3　(9) 4　(10) 3

問題Ⅶ

(1) 4　(2) 4　(3) 4　(4) 3　(5) 3
(6) 3　(7) 3　(8) 1　(9) 1　(10) 2

問題Ⅷ

(1) 2　(2) 4　(3) 1　(4) 4　(5) 2
(6) 4　(7) 4　(8) 1　(9) 3　(10) 3

問題Ⅸ

(1) 4　(2) 4　(3) 4　(4) 2　(5) 2
(6) 4　(7) 2　(8) 4　(9) 4　(10) 4

問題 X

(1) 3　(2) 1　(3) 4　(4) 2　(5) 1

(6) 4　(7) 3　(8) 3　(9) 1　(10) 4

問題 XI

(1) 3　(2) 2　(3) 1　(4) 1　(5) 2

(6) 3　(7) 3　(8) 1　(9) 4　(10) 2

問題 XII

(1) 3　(2) 4　(3) 3　(4) 3　(5) 4

(6) 1　(7) 2　(8) 1　(9) 2　(10) 3

問題 XIII

(1) 4　(2) 1　(3) 3　(4) 4　(5) 2

(6) 3　(7) 3　(8) 2　(9) 2　(10) 1

問題 XIV

(1) 2　(2) 4　(3) 3　(4) 2　(5) 2

(6) 1　(7) 3　(8) 2　(9) 3　(10) 1

▶文法　会話完成問題

問題 I

(1) 4　(2) 3　(3) 1　(4) 3　(5) 1

(6) 4　(7) 1　(8) 2　(9) 3　(10) 1

問題 II

(1) 2　(2) 3　(3) 4　(4) 1　(5) 3

問題 III

(1) 2　(2) 3　(3) 2　(4) 1　(5) 4

問題 IV

(1) 3　(2) 2　(3) 3　(4) 3　(5) 4

▶読解　同義文

問題 I

(1) 1　(2) 2　(3) 3　(4) 4　(5) 4

問題 II

(1) 1　(2) 4　(3) 3　(4) 2　(5) 1

問題 III

(1) 4　(2) 4　(3) 1　(4) 2　(5) 4

問題 IV

(1) 2　(2) 1　(3) 4　(4) 3　(5) 4

問題 V

(1) 2　(2) 1　(3) 4　(4) 4　(5) 3

▶読解　長文問題

問題 I

1，3，6，11，14

問題 II

問1　3，　　問2　2，　　問3　1，

問4　1，　　問5　1，　　問6　3

問題 III

問1　4，　　問2　2，　　問3　1，

問4　1，

問5　2，　　問6　2，5，6

---

3 級模擬試験　配点

〈文字・語彙〉　100点満点

問題 I	各1.5点×20問＝30点		
II	1.5	20	30
III	2	10	20
IV	2	10	20

〈聴解〉　100点満点

問題 I	各4点×12問＝48点		
II	4	7	28
III	4	6	24

〈読解・文法〉　200点満点

問題 I	各4点×13問＝52点		
II	4	11	44
III	4	5	20
IV	4	10	40
V	4	5	20
VI	4	6	24

＜文字・語彙＞

問題Ｉ

問１　（１）１　（２）３　（３）４

問２　（１）４　（２）２　（３）２

問３　（１）３　（２）１　（３）２　（４）２

問４　（１）１　（２）４　（３）３

問５　（１）２　（２）１　（３）４　（４）２

問６　（１）３　（２）３　（３）１

問題ＩＩ

問１　（１）４　（２）３　（３）４　（４）１

問２　（１）４　（２）１　（３）２　（４）２

問３　（１）３　（２）２　（３）２

問４　（１）４　（２）１　（３）１

問５　（１）２　（２）１

問６　（１）３　（２）４　（３）４　（４）１

問題ＩＩＩ

（１）４　（２）１　（３）２　（４）３　（５）２

（６）４　（７）２　（８）３　（９）３　（10）４

問題ＩＶ

（１）２　（２）１　（３）３　（４）３　（５）２

（６）１　（７）１　（８）３　（９）４　（10）３

＜聴解＞

問題Ｉ

１番　４，　　２番　１，　　３番　２，

４番　１，　　５番　３，　　６番　４，

７番　２，　　８番　３，　　９番　１，

10番　４，　　11番　２，　　12番　４

問題ＩＩ

１番　４，　　２番　３，　　３番　１，

４番　１，　　５番　４，　　６番　４，

７番　１

問題ＩＩＩ

１番　２，　　２番　３，　　３番　４，

４番　３，　　５番　３，　　６番　４

＜読解・文法＞

問題Ｉ

（１）４　（２）１　（３）３　（４）２　（５）３

（６）１　（７）４　（８）３　（９）１　（10）２

（11）４　（12）２　（13）２

問題ＩＩ

（１）２　（２）３　（３）２　（４）２　（５）４

（６）２　（７）２　（８）４　（９）３　（10）１

（11）３

問題ＩＩＩ

（１）１　（２）３　（３）２　（４）１　（５）１

問題ＩＶ

（１）４　（２）３　（３）３　（４）４　（５）３

（６）３　（７）３　（８）３　（９）１　（10）４

問題Ｖ

（１）２　（２）１　（３）２　（４）４　（５）３

問題ＶＩ

問１　３，　　問２　２，　　問３　３，

問４　３，　　問５　４，　　問６　１

聴解４級問題

にほんご のうりょく しけん ４きゅう レベルの ちょうかい れんしゅう もんだいです。この ないようは 別売の カセットテープに おさめて あります。

これから ４きゅうの ちょうかい れんしゅう もんだいを はじめます。
もんだい ようしを みて ください。

もんだい I

えを みて きいて ください。ただしい こたえを ひとつ えらんで ください。では、いちど れんしゅうを しましょう。

れい

いろいろな のりものが あります。さて、この なかで、そらを とぶ のりものは どれですか。

ただしい こたえは １です。かいとうようしの もんだい I の れいの ところを みて ください。ただしい こたえは １ですから、こたえは このように かきます。
では はじめます。

１ばん

あめが ふって いる ときに さす ものは どれですか。あめが ふって いる ときに さす ものです。

２ばん

おとこの ひとは いま いくら もって いますか。

１まんえんさつが １まい あります。５せんえんさつは えーと ないですね。ありません。せんえんさつは ２まいです。それから、100円だまが 二つです。

おとこの ひとは いま いくら もって いますか。

３ばん

おんなの ひとは どの ぼうしを かいますか。
男：いらっしゃいませ。
女：その ぼうしを みせて ください。
男：こちら ですか。
女：いえ、その しろいの です。
男：あ、しろですね。
女：ええ、りぼんが ある ぼうしです。
おんなの ひとは どの ぼうしを かいますか。

４ばん

ジュースは いま なんぼん ありますか。
おととい ジュースを 10ぽん かいました。きのう ともだちが ３にん きて、３ぼんと わたしが １ぽん のみました。それに、けさ わたしが １ぽん のみました。
ジュースは いま なんぼん ありますか。

５ばん

いまの ただしい じかんは なんじですか。
女：あのう、すみません。
男：はい。
女：いま、なんじですか。
男：ええと。
女：あ、３じ 40ぷんですね。
男：いいえ。この とけいは 10ぷん すすんで います。
女：10ぷん すすんで いるんですか。
男：ええ。まだ ３じ 40ぷんでは ありません。
いまの ただしい じかんは なんじですか。

もんだい II

えを みて、きいて ください。ただしい こたえを ひとつ えらんで ください。
では、いちど れんしゅうを しましょう。

9

　これは　しゃしんです。まえの　ひとは　い
すに　すわって　います。うしろの　ひとは
たって　います。すわって　いるのは　なん
にんですか。
　　1．3にんです。
　　2．4にんです。
　　3．6にんです。
　　4．7にんです。

5 ばん
　ねこは　どこに　いますか。
男：つくえの　したに　ねこが　いますね。
女：あれは　ねこでは　なくて　いぬです。
男：そうですか。じゃあ、まどの　そばに　い
　　るのは　なんですか。
女：まどの　そばですか。　あれも　いぬで
　　す。
男：じゃあ、ねこは　いっぴきですね。
女：そうです。
　ねこは　どこに　いますか。
　　1．つくえの　したに　います。
　　2．つくえの　うえに　います。
　　3．まどの　そばに　います。
　　4．いすの　うえに　います。

もんだいIII
　もんだいIIIは　えは　ありません。きいて
ください。ただしい　こたえを　ひとつ　え
らんで　ください。
　では　いちど　れんしゅうを　しましょう。

れい
　おとこの　ひとと　おんなの　ひとは　い
つ　おんがくかいに　いきますか。
男：あした　おんがくかいに　いきませんか。
女：えっ、あしたですか。あしたは　ちょっ
　　と……。
男：じゃ、あさって。もくようびは　どうで
　　すか。
女：もくようびも　しごとが　ありますから。
男：きんようびは　どうですか。
女：その　ひなら　だいじょうぶです。

れい
　つぎの　えを　みて　ください。バナナが
4ほん　あります。この　なかで　いちばん
みじかい　バナナは　どれですか。みじかい
バナナです。
　　1．いちばん　みぎの　バナナです。
　　2．みぎから　2ばんめの　バナナです。
　　3．みぎから　3ばんめの　バナナです。
　　4．いちばん　ひだりの　バナナです。
　ただしい　こたえは　2です。かいとう　よ
うしの　もんだいIIの　れいの　ところを
みて　ください。　ただしい　こたえは　2
ですから、こたえは　このように　かきます。
　では　はじめます。

1 ばん
　えが　4まい　あります。うみの　えと　や
まの　えが　あります。やまの　えは　2ま
い　ありますが、　おおきいのは　いくらで
すか。
　　1．10,000えんです。
　　2．70,000えんです。
　　3．80,000えんです。
　　4．90,000えんです。

2 ばん
　おとこの　ひとと　おんなの　ひとは　い
ま　なにを　して　いますか。
　　1．しんぶんを　よんで　います。
　　2．コーヒーを　のんで　います。
　　3．はなして　います。
　　4．テレビを　みて　います。

3 ばん
　これは　せんぷうきです。　どんな　とき
に　つかいますか。
　　1．さむい　ときに　つかいます。
　　2．あつい　ときに　つかいます。
　　3．ごはんを　たべる　ときに　つかいま
　　す。
　　4．でんわを　かける　ときに　つかいま
　　す。

ふたりは　いつ　おんがくかいに　いきますか。
1．きょう　いきます。
2．あした　いきます。
3．もくようびに　いきます。
4．きんようびに　いきます。

ただしい　こたえは　4です。かいとうようしの　もんだいⅢの　れいの　ところを　みて　ください。ただしい　こたえは　4ですから、こたえは　このように　かきます。では　はじめます。

1ばん
おんなの　ひとは　なつやすみに　どこへ　いきますか。
男：ことしの　なつやすみは　どこかへ　いきますか。
女：きょねんは　ハワイに　いきましたけど、ことしは　どう　しましょう。
男：がいこくは　いいですね。でも　にほんも　いいですよ。ほっかいどうとか。
女：ほっかいどうですか。
男：きょうとも　いいですよ。
女：そうですね、きょうとに　いって　みます。

おんなの　ひとは　なつやすみに　どこに　いきますか。
1．ハワイに　いきます。
2．がいこくに　いきます。
3．ほっかいどうに　いきます。
4．きょうとに　いきます。

2ばん
あめです。おとこの　ひとは　どう　しますか。
女：あっ、あめが　ふって　きましたよ。
男：えっ、あめですか。こまりました。かさが　ありません。
女：わたしも　かさが　ないんです。
男：どうしますか。
女：タクシーで　かえります。いっしょに　かえりませんか。
男：そうですね。わたしは　バスで　かえり

ます。
女：そうですか。

おとこの　ひとは　どう　しますか。
1．ひとりで、タクシーで　かえります。
2．おんなの　ひとと　タクシーで　かえります。
3．ひとりで、バスで　かえります。
4．おんなの　ひとと　バスで　かえります。

3ばん
ざっしは　2さつで　いくらですか。
男：その　ざっし　ちょっと　みせて　ください。
女：ええ、どうぞ。
男：へえ、いろいろな　しゃしんが　ありますね。
女：おもしろい　ざっしですよ。
男：180円ですね。その　ざっしは。
女：この　ざっしは　しゃしんは　あまり　ありません。でも　それより　たかいです。200円です。

ざっしは　2さつで　いくら　ですか。
1．180円です。
2．200円です。
3．380円です。
4．400円です。

4ばん
おとこの　ひとは　あした　なにを　しますか。
女：あしたは　どようびですね。
男：こんしゅうは　とても　いそがしかったですよ。
女：そうですか。あしたも　しごとですか。
男：いいえ。あしたは　やすみですから。
女：どこかへ　でかけますか。
男：あしたは　うちで　こどもと　あそびます。
女：それは　いいですね。

おとこの　ひとは　あした　なにを　しますか。
1．かいしゃで　しごとを　します。

2．うちで　しごとを　します。

　　3．どこかへ　でかけます。

　　4．こどもと　あそびます。

5ばん

　　せんせいが　しけんに　ついて　はなして
います。しけんは　いつですか。

　　では、しけんに　ついてですが、きょうか
しょの　18ページから　54ページまで　もう
いちど　よく　よんで　ください。あしたは
ふくしゅうを　します。しつもんは　あした
して　ください。あさっては　にちようびで
すね。よく　べんきょうして　ください。げ
つようびに　しけんを　します。みなさん　が
んばって　ください。

しけんは　いつですか。

　　1．あしたです。

　　2．あさってです。

　　3．にちようびです。

　　4．げつようびです。

　　これで　4きゅうの　ちょうかい　れんし
ゅう　もんだいを　おわります。

聴解３級問題

第１回から　第５回まで、日本語能力試験　３級レベルの　聴解練習問題です。この　内容は　別売の　カセットテープに　収めて　あります。

第　１　回

これから　聴解試験の　練習を　はじめます。解答欄と　絵を　見て　ください。

問題Ｉ

絵を　見て、正しい　答えを　一つ　えらんで　ください。では　一度　練習を　しましょう。

例：女の　人の　かばんは　どれですか。

男：どの　かばんですか。

女：あ、その　大きくて　くろいのです。

男：大きくて　くろい　かばんですね。これ　ですか。

女：ええ。どうも。

女の　人の　かばんは　どれですか。

正しい　答えは　１です。では、解答欄の　問題Ｉの　例の　ところを　見て　ください。正しい　答えは　１ですから、答えは　この　ように　書きます。では、はじめます。

１番：男の　人が　行きたい　ところは　どこですか。

男：この　道を　まっすぐですね。

女：ええ、それから　こうさてんを　左に　まがって　ください。

男：まがって　すぐでしょうか。

女：ええ、まがって　すぐ　左がわに　あります。

男の　人が　行きたい　ところは　どこですか。

２番：女の　人の　せきは　どれですか。

女：すいません。わたしの　せきは…。

男：ええと、Ａの　４ですね。いちばん　左の　列の　前から　４番目です。

女：いちばん　左の　列の　前から　４番目　ですね。

男：ええ、そうです。

女の　人の　せきは　どれですか。

３番：ゆうびんきょくは　どれですか。

男：すみません。ゆうびんきょくは　どこですか。

女：あそこに、白くて　大きい　ビルが　ありますね。その　右の　たてものです。

男：白い　ビルの　右ですね。どうも。

ゆうびんきょくは　どれですか。

問題ＩＩ

問題ＩＩと　問題ＩＩＩは　絵は　ありません。聞いて　ください。正しい　答えを　一つ　えらんで　ください。では　一度　練習を　しましょう。

例：男の　人と　女の　人の　会話と　あっている　ものを　一つ　えらんで　ください。

女：あら　わたしの　かばんは…。

男：これじゃ　ありませんか。

女：いえ、そんなに　大きくないんです。

1. 女の　人の　かばんは、もっと　大きい　です。

2. 女の　人の　かばんは、もっと　小さい　です。

3. 女の　人の　かばんは、もっと　おもい　です。

4. 女の　人の　かばんは、もっと　かるい　です。

正しい　答えは　２です。解答欄の　問題ＩＩの　例の　ところを　見て　ください。正しい　答えは　２ですから、答えは　この　ように　書きます。では、はじめます。

１番：会話と　あって　いる　ものを　一つ

えらんで ください。

男：テープレコーダーも もって いった ほ
うが いいでしょうか。

女：いいえ、カセットテープだけで けっこ
うです。テープレコーダーは うちに あ
りますから。

1．男の人は テープレコーダーと カセ
ットテープを もって いく。

2．男の人は テープレコーダーを もっ
て いく。

3．男の人は カセットテープを もって
いく。

4．男の人は 何も もって いかなくて
も いい。

**2番：会話と あって いる ものを 一つ
えらんで ください。**

男：すいません。きのうと おとといの ノ
ートを 見せて くださいませんか。

女：おとといのだけで よければ、いま こ
こに ありますけど。

男：あ、そうですか…。じゃ、あしたでも け
っこうです。

1．男の人は きのうの ノートを 見せ
て もらった。

2．男の人は きのうと おとといの ノ
ートを 見せて もらった。

3．男の人は おとといの ノートを 見
せて もらった。

4．男の人は あした ノートを 見せて
もらう。

**3番：会話と あって いる ものを 一つ
えらんで ください。**

女：月曜日までに おねがいします。

男：月曜日までに…。その日でも いいでし
ょうか。

女：ええ。3時までに 出して ください。

1．男の 人は、月曜日の 前に 出す。

2．男の 人は、月曜日の 次に 出す。

3．男の 人は、月曜日に 出す。

4．男の 人は、月曜日の 3時すぎに 出
す。

問題III

聞いて ください。正しい 答えを 一つ
えらんで ください。では 一度 練習を し
ましょう。

例：この 人は 何が すきですか。

わたしは さいきん よく やさいを た
べて います。あまり すきでは ないけれ
ど、にくだけ たべるのは よく ないので
たべて います。にくは よく たべますが
わたしが いちばん すきなのは ごはんで
す。ごはんが あれば ほかに いろいろ な
くても だいじょうぶです。

この 人は 何が すきですか。

1．やさいと にく

2．にくと ごはん

3．ごはんと やさい

4．何も ない

正しい 答えは 2です。解答欄の 問題
IIIの 例の ところを 見て ください。正
しい 答えは 2ですから 答えは この よ
うに 書きます。では、はじめます。

**1番：この 人は きのう パーティーへ 行
きました。パーティーは どうでしたか。**

きのう パーティーが ありました。おも
しろい 人が たくさん 来ると いうので、
楽しいだろうと 思って 行ったのですが、
知らない 人ばかりでした。あまり 話が で
きなくて、つまらなかったです。りょうりも
おいしそうに みえましたが、そうでも あ
りませんでした。

パーティーは どうでしたか。

1．おもしろかった。

2．つまらなかった。

3．たのしかった。

4．りょうりが おいしかった。

**2番：この 人は きょうの ゆうがた、何
を するでしょうか。**

天気よほうに よると、たいふうが 近づ
いて いるので 天気が わるく なるそう
ですよ。ゆうがたから 風や 雨が かなり

14

強く なるらしいです。かいぎは あしたの
朝 すれば いいんですから、きょうは 早
く かえりましょう。

　この 人は きょうの ゆうがた、何を す
るでしょうか。

1．かいぎを する。
2．早く 帰る。
3．天気よほうを 見る。
4．たいふうが 来る。

3番：この人と 中山さんは 高校の とき
　　　何を いっしょに しましたか。

　中山さんは わたしの ともだちで 高校
の ときは バスケットボールを やってい
ました。かれとは よく オートバイの 話
を しました。かれも 大きい オートバイ
を ほしがって いたので ざっしを 見た
り よく 店に 見に 行ったり しました。
今も ときどき いっしょに オートバイで
りょこうを する いい ともだちです。

　この 人と 中山さんは 高校の とき 何
を いっしょに しましたか。

1．バスケットボールを しました。
2．オートバイに のりました。
3．オートバイを 買いました。
4．オートバイを 見に 行きました。

第 2 回

　これから 聴解試験の 練習を 始めます。
解答欄と 絵を 見て ください。

問題Ⅰ

　絵を 見て、正しい 答えを 一つ えら
んで ください。では、一度 練習を しま
しょう。

例：女の 人の かばんは、どれですか。

男：この かばんですか。
女：いえ、ちがいます。それより 小さくて
　　……。
男：この 白いのかな。
女：あっ、それです。

　女の 人の かばんは、どれですか。
　正しい 答えは 3です。解答欄の 問題

Ⅰの 例の ところを 見て ください。正
しい 答えは 3ですから、答えは この よう
に 書きます。では、はじめます。

1番：吉田さんの 部屋は どれですか。

男：あの、吉田さんと いう 方は、こちら
　　に いらっしゃいますでしょうか。
女：ええ、いらっしゃいますよ。上がって 奥
　　から 三つめの 部屋ですよ。
男：そうですか。どうも。

　吉田さんの 部屋は どれですか。

2番：朝ごはんに 食べた ほうが いい も
　　　のは どれですか。

女（医者）：それで、朝ごはんは、いつも 何
　　を？
男：ぎゅうにゅうだけ なんですけど。
女：ああ、それは よくないですね。ぎゅう
　　にゅうは もちろん、パン、それに た
　　まごも……。
男：いやあ、そんなに たくさん、むりです
　　よ。朝は、何も 食べたくないんで……。
女：早く おきれば 食べられますよ。あっ、
　　あと サラダもね。

　朝ごはんに 食べた ほうが いい もの
は どれですか。

3番：女の 人が おいしいと 言って い
　　　るのは どれですか。

男：わあ、おいしそうな ブドウですね。
女：あ、どうぞ。あの、つぶが 小さい ほ
　　うが おいしいですよ。
男：これですか。
女：いえ、その 色の うすいのの 右に あ
　　る ほうです。

　女の 人が おいしいと 言って いるの
は どれですか。

問題Ⅱ

　問題Ⅱと 問題Ⅲは 絵は ありません。
聞いて ください。正しい 答えを 一つ え
らんで ください。では、一度 練習を し
ましょう。

例：会話の　内容に　あって　いる　ものを
　　一つ　えらんで　ください

女：この　シャツ、どう？　安いでしょ。

男：いくら　安くても、これじゃね。

女：そう。

1．男の　人は　安いので　シャツを　買う
　　つもりだ。

2．男の　人は、もう　すこし　安ければ　シ
　　ャツを　買う　つもりだ。

3．男の　人は、安いので　シャツを　買う
　　かどうか　考えている。

4．男の　人は、安いけれども　シャツを　買
　　わない　つもりだ。

　　正しい　答えは　4です。解答欄の　問題
Ⅱの　例の　ところを　見て　ください。正
しい　答えは　4ですから、答えは　この　よ
うに　書きます。では、はじめます。

1番：会話の　内容に　あって　いる　もの
　　　を　一つ　えらんで　ください。

女：伊藤さんは　コーヒーより　ビールの　ほ
　　うが　いいんですよね。

男：いえ、本当の　ことを　言うと、ぼく、
　　お酒は　まったく　飲めないんです。

女：あっ、そう？　それなら、よかった。じ
　　ゃ、これ、どうぞ。

1．男の　人は、コーヒーを　飲む。

2．男の　人は、ビールを　飲む。

3．男の　人は、コーヒーと　ビールを　飲
　　む。

4．男の　人は、コーヒーは　飲まない。

2番：会話の　内容に　あって　いる　もの
　　　を　一つ　えらんで　ください。

女：あの、このあいだ　おかしした　本、す
　　みませんが、田中さんに　かして　あげ
　　て　ください。

男：あ、あの　本ですね。

女：おねがいします。

1．女の　人は　男の　人に　本を　かりた。

2．女の　人は　男の　人に　本を　かした。

3．男の　人は　田中さんに　本を　かりた。

4．男の　人は　田中さんに　本を　かした。

3番：会話の　内容に　あって　いる　もの
　　　を　一つ　えらんで　ください。

男：これ、木村さんが　かいたんですか。へ
　　えー。

女：でも、ちょっと　暗い　絵でしょう。

男：いやあ、とても　きれいじゃないですか。

1．男の　人は、女の　人の　絵を　きれい
　　じゃないと　言って　いる。

2．男の　人は、女の　人の　絵を　きれい
　　だと　言って　いる。

3．男の　人は、女の　人の　絵を　暗いと
　　言って　いる。

4．男の　人は、女の　人の　絵を　明るい
　　と　言って　いる。

問題Ⅲ

　　聞いて　ください。正しい　答えを　一つ
えらんで　ください。では　一度　練習を　し
ましょう。

例：この　男の　人の　おじいさんは　どん
　　な　人ですか。

　　わたしは、よく　母方の　祖父に　似て
いると　言われます。祖父も　やはり　背
が　高くて　やせて　います。顔も　よく
似て　います。どちらも、細長い　顔で、
目が　小さいのです。そのうえ、二人とも
めがねを　かけて　いるので、そっくりに
見えます。ただ　一つ、口の　大きさ　だ
けは、似て　いません。祖父は、口が　小
さいのですが、わたしは、とても　大きい
のです。

　　この　男の　人の　おじいさんは　どんな
人ですか。

1．口が　小さい　人。

2．目が　大きい　人。

3．太った　人。

4．めがねは　かけて　いない　人。

　　正しい　答えは　1です。解答欄の　問題
Ⅲの　例の　ところを　見て　ください。正
しい　答えは　1ですから、答えは　この　よ
うに　書きます。では、はじめます。

1番：女の 人は、きのう 何を 買いましたか。

　きのう デパートへ スカートと シャツを 買いに 行きました。行って みると 思ったより 高くて、とても りょうほうは 買えそうも なかったので、どちらか 一つ だけに しようと 思いました。先月 スカートは 買ったので シャツの ほうを 見ていると、近くに、くつと ハンカチの 売り場も あるのに 気が つきました。ちょうど 気に いった シャツに ぴったりの ハンカチを 見つけたので、二つ いっしょに 買いました。

　　女の 人は きのう 何を 買いましたか。
　1．スカートと シャツ
　2．シャツと ハンカチ
　3．くつと ハンカチ
　4．シャツと くつ

2番：次の 料理では、ざいりょうを どの ように 切れば いいと 言って いますか。

　日本料理では、味も もちろん 大切ですが、「見て、きれいか どうか」という ことが とても じゅうようです。それで 物を 切るにも、ざいりょうに よって あつく 切ったり うすく 切ったりと、いろいろな 切り方が あります。今日 ごしょうかいする 料理では、ざいりょうを うすく 切る こと 以上に、いろいろな 形、たとえば 星の 形などを、きれいに 切って 作る ことに、まず ちゅういして ください。

　　どのように 切れば いいと 言っていますか。
　1．あつく 切る
　2．大きく 切る
　3．小さく 切る
　4．きれいに 切る

3番：女の 人の しゅみは 何ですか。
　わたしの いちばんの しゅみは、手紙を 書く ことです。ともだちに 手紙を 書いて へんじを もらうと、とても うれしく

なります。それに、ふうとうに はって ある いろいろな 切手を 見るのも 楽しみです。このごろ、よく 外国に いる ともだちに 手紙を 書きます。それは、へんじを もらって 外国の めずらしい 切手を 見たいからかも しれません。

　　女の 人の しゅみは 何ですか。
　1．手紙を 書く ことと ともだちを つくること。
　2．手紙を 書く ことと 切手を 買うこと。
　3．手紙を 書く ことと 外国の 切手を 買うこと。
　4．手紙を 書く ことと 外国の 切手を 見ること。

第 3 回

　これから 聴解試験の 練習を はじめます。解答欄と 絵を 見て ください。

問題I
　絵を 見て 正しい 答えを 一つ えらんで ください。では 一度 練習を しましょう。

例：二人は 今、どの がっきを 見て 話して いますか。

女：ギターは げんの かずが 6本、バイオリンは 4本で、これが いちばん 少ないわね。

男：ええ、だから かんたんでしょ？

女：さあ、わたしは ことですから。

男：ああ、あれは 13本も ありましたよね。じゃ、これとは ずいぶん ちがいますね。

　　二人は 今、どの がっきを 見て 話して いますか。

　　正しい 答えは 4です。解答欄の 問題Iの 例の ところを 見て ください。正しい 答えは 4ですから、答えは この ように 書きます。では、はじめます。

1番：リーさんは どこに すわって いましたか。

男：もう、みんな　あつまりましたか。

女：あ、リーさんが、まだですね。

男：え、リーさんって　どの　人でしたっけ。

女：ほら、バスの　前から　2番目の　席に　すわって　いた　人ですよ。

男：ああ、まどがわの　人？

女：ええ、進行方向に　むかって　右がわの。

男：ああ、あの　女の　人ですか。おそいですね。

　　リーさんは、どこに　すわって　いましたか。

2番：女の　人が　男の　人に　わたした　ふくろは　どれですか。

男：この　シャツを　入れる　ふくろ　ありませんか。

女：これで　よろしければ、どうぞ。

男：どうも。あれっ、これですか。これは、ちょっと　大きすぎますね。それに　やぶれて　いますし。

女：そうですか。

　　女の　人が　男の　人に　わたした　ふくろは　どれですか。

3番：二人は、どの　家を　見て　話して　いますか。

女：この　へんは　冬に　なると、雪が　たくさん　ふるんですよ。ですから、ごらんの　ように、どの　やねも　角度が　急に　なって　います。

男：ああ、ほんとだ。あれなら　雪が　ふりつもっても　だいじょうぶですね。

女：ええ、やねを　つたって　下に　落ちますから。

　　二人は、どの　家を　見て　話して　いますか。

問題II

　問題IIと　問題IIIは　絵は　ありません。聞いて　ください。正しい　答えを　一つ　えらんで　ください。では　一度　練習を　しましょう。

例：会話の　内容に　あって　いる　ものを

一つ　えらんで　ください。

女：あっ。

男：どう　したんですか。

女：かぎを　かけるのを　わすれました。

男：それは　たいへんだ。

女：ちょっと　行って　きます。

1．男の　人は　かぎを　なくしました。

2．女の　人は　かぎを　なくしました。

3．男の　人は、かぎを　かけに　行きます。

4．女の　人は、かぎを　かけに　行きます。

　　正しい　答えは　4です。解答欄の　問題IIの　例の　ところを　見て　ください。

正しい　答えは　4ですから、答えは　このように　書きます。では、はじめます。

1番：会話の　内容に　あって　いる　ものを　一つ　えらんで　ください。

女：あの、きょうは、2時からでしたよね。

男：あっ、2時の　はずだったんですが、3時に　なったんですよ。

女：えっ、そうなんですか。……じゃ、1時間　たったら、また　来ます。

1．女の　人は、時間に　おくれました。

2．女の　人は、1時間　早く　来て　しまいました。

3．女の　人は、2時に　来ませんでした。

4．女の　人は、3時に　来る　はずでした。

2番：会話の　内容に　あって　いる　ものを　一つ　えらんで　ください。

女：あら、仕事して　いいんですか。病気だったんでしょ。

男：ええ。でも、もう　だいじょうぶですから。

1．男の　人は　病気でしたが、もう　仕事は　できます。

2．男の　人は　病気なので、仕事を　しては　いけません。

3．男の　人は　病気だったので　まだ　仕事が　できません。

4．男の　人は　病気だったので　まだ　仕事は　しません。

3番：会話の　内容に　あって　いる　もの
　　　を　一つ　えらんで　ください。
女：では、来週は　毎日　来て　ください。
男：来られない　ときは、どう　しましょう
　　か。
女：かならず　電話で　れんらくして　くだ
　　さい。
1．男の　人は　来週、来られない　日が
　　あるかも　しれません。
2．男の　人は　来週、電話を　待ちます。
3．男の　人は　来週、電話を　かけられま
　　せん。
4．男の　人は　来週、一日も　来ません。

問題Ⅲ

　聞いて　ください。正しい　答えを　一つ
えらんで　ください。では、一度　練習を　し
ましょう。
例：この　人は、どんな　くつが　いいと　言
　　って　いますか。
　足の　形は　人に　よって　ちがいます。
ですから、じぶんの　足に　あった　くつを
見つけるのは、なかなか　むずかしい　こと
です。かたい　くつは　歩きにくいですし、
おもい　くつは　つかれて　しまいます。小
さすぎても、大きすぎても、歩きにくくて　つ
かれて　しまいます。
　この　人は　どんな　くつが　いいと　言
っていますか。
1．歩きやすくて　つかれない　くつ
2．大きくて　おもい　くつ
3．小さくて　やわらかい　くつ
4．かたくて　歩きやすい　くつ
　正しい　答えは　1です。解答欄の　問題Ⅲ
の　例の　ところを　見て　ください。正し
い　答えは　1ですから、答えは　このよう
に　書きます。では、はじめます。

1番：この　人は　今、どこに　いますか。
　大学は、ぜひ、ちほうの　広い　ところに
ある　大学へ　行きたいと　思って　います。
緑が　たくさん　あって　くうきの　きれい
な　ところ　だったら、少しぐらい　ふべん

でも　かまわないと　思います。ともだちは
みんな、とかいの　せいかつが　すきだと　言
いますが、わたしは　大学の　4年間は　東
京から　はなれて　みたいと　思って　いま
す。
　この　人は　今、どこに　いますか。
1．広い　ところ
2．くうきの　きれいな　ところ
3．ちほう
4．東京

2番：この　人は　ワープロを　買いに　行
　　　って　どう　しましたか。
　今日、電器店へ　ワープロを　買いに　行
きました。行く　までは　買う　つもりだっ
たのですが、店の　人に　聞いて　みると、
1か月後に　新しい　かたの　ワープロが　出
るので、その　ときに　なれば、古い　かた
の　ワープロは　安く　なると　言われまし
た。それで、今日は　買わないで、1か月　た
って　古い　かたのが　安く　なってから　買
う　ことに　しました。
　この　人は　ワープロを　買いに　行って
どう　しましたか。
1．新しい　かたの　ワープロを　買いまし
　　た。
2．古い　かたの　ワープロを　買いました。
3．新しい　かたの　ワープロを　買う　こ
　　とに　しました。
4．安く　なってから、古い　かたの　ワー
　　プロを　買う　ことに　しました。

3番：レースに　出られないのは　どんな　人
　　　ですか。
　この　レースは、海を　5キロ　およいだ
あと、10キロ　じてんしゃに　のり、さらに
10キロ　ランニングすると　いう　ものです。
18歳　いじょうの　けんこうな　かたなら、
どなたでも　しゅつじょうできます。すいえ
い、じてんしゃ、ランニングに　じしんの　あ
る　かた、そして　何よりも　けんこうな　か
たは　どうぞ。みなさんの　さんかを　おま
ちして　います。

レースに 出られないのは、どんな 人で
すか。

1．18歳の 人
2．すいえいに じしんの ある 人
3．17さい いかの 人
4．けんこうな 人

これから 聴解試験の 練習を はじめま
す。解答欄と 絵を 見て ください。

問題I

絵を 見て 正しい 答えを 一つ えら
んで ください。では、一度 練習を しま
しょう。

例

数字が 1から 6まで あります。1か
ら 6まで 線が かいて あります。みな
さん、まず 6から 4まで 線を 引いて
ください。次に、4から 3まで 線を 引
いて ください。それから、3から 1まで
線を 引いて ください。さあ、どんな 形
に なりましたか。

正しい 答えは 1です。では、解答欄の
問題Iの 例の ところを 見て ください。
正しい 答えは 1ですから 答えは この
ように 書きます。では、はじめます。

1番

数字が 1から 5まで あります。1か
ら3、3から 5まで 線が かいて あり
ます。みなさん、まず 5から 2まで 線
を ひいて ください。次に 2から 4ま
で 線を 引いて ください。それから、4
から 1まで 線を 引いて ください。さ
あ、どんな 形に なりましたか。

2番

数字が 1から 9まで あります。8か
ら 9まで 線が かいて あります。みな
さん、まず 9から 6まで 線を 引いて
ください。次に、6から 3まで 線を 引
いて ください。それから、3から 8まで

線を 引いて ください。さあ、どんな 形
に なりましたか。

3番

テレビを 買いに 来ました。10万円 以
内で 買いたいと 思います。10万円 以内
で どの テレビが 買えますか。

4番

調味料の 入れものが 四つ あります。
調味料は 初めは みんな 同じ 量でした。
でも よく 使う ものと あまり 使わな
い ものが あって、こんなに 量が ちが
います。いちばん よく 使ったのは さと
うです。さとうの 入れものは どれですか。

5番

本が あります。大きい 本は、百科事典
です。小さくて 厚い 本は 辞書です。漢
字の 辞書は、黒い 表紙です。漢字の 辞
書は どれですか。

問題II

問題IIと 問題IIIは 絵は ありません。
聞いて ください。正しい 答えを 一つ え
らんで ください。では、一度 練習しまし
ょう。

例： 天気が 悪かったら、何時までに 駅
に 行けば いいですか。

土曜日の 山のぼりですが、バスが 7時
半に 出ますから、7時15分までに、駅に あ
つまって ください。天気が 悪い 場合は
日曜日に のばします。でも、少しぐらいの
雨だったら、行きますから、いちおう 7時
15分までには 駅に 来て ください。

天気が 悪かったら、何時までに 駅に 行
けば いいですか。

1．7時までに 行きます。
2．7時15分までに 行きます。
3．7時半までに 行きます。
4．天気が 悪かったら、行きません。

正しい 答えは 2です。では、解答欄の
問題IIの 例の ところを 見て ください。

正しい 答えは 2ですから、答えは この
ように 書きます。では、はじめます。

**1番：リーさんは 何を 勉強して います
か。**

わたしは、リーです。中国からの 留学生
です。きょねんの 3月に 日本に 来まし
た。専門は、日本の 経済です。しゅみは、
料理と 旅行です。よろしく おねがいしま
す。

　リーさんは 何を 勉強して いますか。

1．日本の 経済です。
2．日本語です。
3．日本料理です。
4．料理と 旅行です。

**2番：男の 人は 何時の ひこうきに の
りますか。**

男：すみません。大阪へ 行きたいんですが、
　　次の ひこうきは 何時ですか。
女：はい。次の 大阪行きは……2時35分で
　　すが、あいにく この びんは 満席と
　　なって おります。その 次ですと、4
　　時ちょうどに なりますが。
男：4時ですか。……しかたが ない。それ
　　で、おねがいします。
女：かしこまりました。

　男の 人は 何時の ひこうきに のりま
すか。

1．2時ちょうどの ひこうきに のります。
2．2時35分の ひこうきに のります。
3．4時ちょうどの ひこうきに のります。
4．4時35分の ひこうきに のります。

**3番：大阪の あしたの 天気は どう な
るでしょう。天気よほうを 聞いて く
ださい。**

　天気よほうを お知らせします。あすは 福
岡は はれ のち くもり。気温は 12度。
広島は くもり。気温は 10度。大阪は く
もりで 気温は 8度。東京は くもり の
ち 雨。気温は 7度。札幌は くもり の
ち 雨。気温は 2度と なる みこみです。

大阪の あしたの 天気は どう なるで
しょう。

1．はれでしょう。
2．くもりでしょう。
3．はれ のち くもりでしょう。
4．くもり のち 雨でしょう。

問題III

　聞いて ください。正しい 答えを 一つ
えらんで ください。では 一度 練習を し
ましょう。

**例：これから 授業が 始まります。休んで
いる 人は 何人ですか。**

男：じゃ、始めましょうか。お休みは ヤン
　　さんと 山田さんと 田中さんだね。
女：すみません。おそく なりました。
男：あ、山田さん。たった いま、はじめよ
　　うと した ところですよ。
女：はい、すみません。

　休んで いる 人は 何人ですか。

1．1人です。
2．2人です。
3．3人です。
4．全員 出席して います。

　正しい 答えは 2です。では、解答欄の
問題IIIの 例の ところを 見て ください。
正しい 答えは 2ですから、答えは この
ように 書きます。では、はじめます。

**1番：リーさんは なぜ きのう パーティ
ーに 来なかったのですか。**

男：あっ、リーさん。
女：あ、ヤンさん。
男：きのうは どう したの。みんな まっ
　　てたんだよ。ぐあいでも 悪かったの。
女：いいえ、そういう わけじゃ……。
男：じゃあ、急用でも？
女：いいえ。それがね、わたし、パーティー
　　は、きょうだと、思って いたの。
男：えっ？
女：さっき 山田さんに あって、きのうだ
　　ったって、きいて……楽しみに して い
　　たのに ざんねんだわ。手帳に 書くと

21

き、うっかり まちがえたのね。

　リーさんは なぜ きのう パーティーに 来なかったのですか。

1．ぐあいが 悪かったからです。

2．急用が できたからです。

3．うっかり わすれて いたからです。

4．パーティーは きょうだと 思って いたからです。

2番：留学生の ヤンさんと 友だちの 山田さんが 話して います。ヤンさんが 日本語で これは むずかしいと 思って いる ことは なんですか。

女：ヤンさん、どうですか。日本の 生活には もう なれましたか。

男：そうですね。おかげさまで。

女：こまって いる ことは ないですか。

男：それは、いろいろと ありますよ。

女：たとえば、どんな ことですか。

男：そうですねえ。やっぱり 日本語の 問題ですね。日本語と いっても 外来語なんですが。わたしは 英語を 話しませんから。

女：そうですか。日本人は ちょっと 外来語を 使いすぎですよね。外国の ことばの ほうが かっこよく 思えるんですね。敬語は どうですか。敬語も ふくざつで たいへんでしょう。

男：いや 敬語は わたしの 国の ことばにも ある 習慣ですから、まだ なんとか なります。

　ヤンさんが 日本語で これは むずかしいと 思って いる ことは なんですか。

1．敬語です。

2．外来語です。

3．敬語と 外来語です。

4．こまって いる ことは とくに ありません。

3番：リーさんは 先生に なんと 言いますか。

男：あ、山田さん、どこか いくの。もう、授業が 始まるよ。

女：あ、リーさん、ちょうど よかったわ。あのね、わたしね、おべんとうを 食べた 教室に、おさいふと、定期の 入った かばんを おいて きて しまったのよ。

男：そう。

女：それで、いそいで とりに いく ところなの。

男：そうなの。

女：ねえ、先生に わたし 少し おくれますって 言って くれる？ おねがい。

男：よし、わかった。

女：じゃ。

　リーさんは 先生に なんと 言いますか。

1．リーさんは 先生に 「少し おくれます」と 言います。

2．リーさんは 先生に 「わすれものを しました」と 言います。

3．リーさんは 先生に 「山田さんは 少し おくれます」と 言います。

4．リーさんは 先生に 「山田さんは わすれものを しました」と 言います。

第 5 回

　これから 聴解試験の 練習を はじめます。解答欄と 絵を 見て ください。

問題Ⅰ

　絵を 見て 正しい 答えを 一つ えらんで ください。では 一度 練習を しましょう。

例：デパートの アナウンスを 聞いて ください。迷子に なって いるのは どの 子ですか。

　毎度 ご来店いただき ありがとうございます。迷子の お知らせを もうしあげます。白の Ｔシャツに 白の ズボン、野球帽を かぶった 男の お子さんが おかあさんを さがして います。お心あたりの 方は 1階 正面玄関の 案内所まで おこしください。

　迷子に なって いるのは どの 子ですか。

　正しい 答えは 1です。では、解答欄の

問題1の 例の ところを 見て ください。正しい 答えは 1ですから、答えは この ように 書きます。では、はじめます。

1番：デパートの アナウンスを 聞いて ください。忘れ物は どれですか。

　毎度 ご来店いただき ありがとうございます。忘れ物の お知らせを もうしあげます。ただいま、地下の 食料品売り場で、のりの 詰め合わせを お求めに なりました お客さま、めがね入れを お忘れで ございます。お心あたりの かたは 1階正面玄関の 案内所まで おこしください。

　忘れ物は どれですか。

2番：リーさんは、かぜを ひいて お医者さんに いきました。リーさんと 看護婦さんが 話して います。熱が でた とき のむ 薬は どれですか。

看護婦：リーさん、お薬は 4種類です。
リー　：はい。
看護婦：こな薬と カプセルは 食後 30分 以内に のんで ください。この 小さい 白い じょうざいは げねつざいですから、高い 熱が でて 苦しい ときだけ のんで ください。それから、これは のどの 薬です。のどが いたい とき なめて ください。

　熱が でた とき のむ 薬は どれですか。

3番：男の 人と 女の 人が むかしの 写真を 見て 話して います。どの 人が この 男の 人ですか。

女：あら、ずいぶん 古い 写真ね。
男：うん、会社に 入る 前だね。サッカー部の 連中と 旅行したんだ。
女：へえ、あなたも いるの。
男：いるさ。
女：うーん、わからないわ。
男：ほら、これ。

女：えっ、ずいぶん やせて いたのね。ひげなんか はやしちゃって。かみのけも ぼうぼうね。

　どの 人が この 男の 人ですか。

4番：まどふきは どの 順番で しますか。

男：みなさん、こんにちは『くらしの ヒント』の 時間です。きょうは まどふきの コツに ついて 家事評論家の 山田けいこ先生に お話を うかがいましょう。先生、おねがいします。
女：はい。ガラスは ぞうきんで ふいた くらいでは なかなか きれいに なりませんね。それで、最近は こういう スプレー剤が でて います。まず、まど 全体に スプレーを かけて、少し おきます。それから、このような ワイパーで 上から 下へと ぬぐいます。これだけでも じゅうぶんですが、仕上げに 古新聞で みがくと みちがえるように きれいに なりますよ。

　まどふきは どの 順番で しますか。

5番：お客さんが 来るので 男の 人が 女の 人を 手伝って います。花は どこに おきますか。

女：じゃ、これ テーブルの 上に ならべて ちょうだい。
男：わ、おいしそうだな。
女：こら、つまみぐい しない。
男：おっと、ごめん ごめん。で、この 花は どこに おくの。
女：テーブルの 上じゃ せまいかしら。
男：うん、きれいだけど、ちょっと 料理が とりにくく ないか。
女：そうかなあ。
男：そっちの たなの 上は。
女：きっと だれも 気が つかないわ。
男：じゃ、テレビの 上に しよう。これで きまり。
女：そうね。

　花は どこに おきますか。

問題IIと　問題IIIは　絵は　ありません。聞いて　ください。正しい　答えを　一つ　えらんで　ください。では、一度　練習を　しましょう。

例：駅の　アナウンスを　聞いて　ください。
　　禁煙タイムは　何時から　何時までですか。

おはようございます。おつとめ　ごくろうさまです。当駅では　禁煙タイムを　実施して　おります。7時半から　8時半までの　1時間　おたばこは　どうぞ　ごえんりょくださいますよう　お願いいたします。

　　禁煙タイムは　何時から　何時までですか。
1．7時から　8時まで。
2．7時半から　8時半まで。
3．7時半から　8時まで。
4．7時から　8時半まで。

　　正しい　答えは　2です。解答欄の　問題IIの　例の　ところを　見て　ください。正しい　答えは　2ですから、答えは　このように　書きます。では、はじめます。

1番：　電話を　して　きたのは　だれですか。
女：はい、ミツワ商事　総務課でございます。
男：どうも　いつも　おせわに　なります。東洋銀行の　佐藤ですが、田中課長　いらっしゃいますか。
女：あ、もうしわけ　ございません。あいにく　田中は　今週いっぱい　出張して　おりまして。
男：そうですか。や、よわったなあ。じゃあ、山田さんを　おねがいします。
女：はい、少し　お待ちくださいませ。
　　電話を　して　きたのは　だれですか。
1．ミツワ商事の　田中課長。
2．ミツワ商事の　山田さん。
3．東洋銀行の　佐藤さん。
4．東洋銀行の　山田さん。

2番：三つの　班に　分かれて　教室の　そうじを　します。2班の　人は　なにを　しますか。

男：じゃ、分担を　言いますから　みんな　よく　聞いて　ください。1班の　人は　ほうきで　床を　はいて　ください。あ、机と　いすは　さげなくて　けっこうです。2班の　人は　机と　いすを　ぞうきんで　ふいて　ください。3班の　人はですね、いろいろ　あるんですが、ごみばこの　ごみを　すてに　いく　こと、黒板消しを　はたく　こと、それから　花びんの　水を　かえる　こと……
女：えー、3班ばっかり　なんで　そんなに　あるのぉ。

　　2班の　人は　なにを　しますか。
1．ほうきで　床を　はく。
2．ぞうきんで　机と　いすを　ふく。
3．机と　いすを　さげる。
4．ごみを　すてる。

3番：山田さんに　赤ちゃんが　生まれました。お祝いに　なにを　あげますか。

女：男の　子だったんですって。また。
男：へえ、今度は　ぜったい　女の　子だって　言ってたのに。
女：で、どうする。
男：どうするって。
女：お祝いよ。
男：さあ、なにが　いいかなあ。
女：ふつう　かわいい　タオルとか　ベビー服だけど、お下がりが　そのまま　使えるわね。
男：やっぱり　お金が　いいんじゃ　ない。
女：お金は　ちょっと……。
男：なんで。すきな　ものを　買って　もらえば、いいじゃ　ない。
女：でも……。
男：じゃあ、商品券に　すれば。
女：そうね。商品券なら……。
　　お祝いに　なにを　あげる　ことに　なりましたか。
1．かわいい　タオル
2．かわいい　ベビー服
3．お金
4．商品券

問題III

聞いて ください。正しい 答えを 一つ
えらんで ください。では 一度 練習を し
ましょう。

例：日本語には 相手を よぶのに 使う
ことばが たくさん あります。この人は
それに ついて どう 思って いますか。

日本語には 2人称、つまり 相手を よ
ぶのに使う ことばが たくさん あります。
「あなた」「おまえ」の ほか「先生」とか「奥
さん」「部長」なども 同じような 使い方を
しますね。相手や 場所に おうじて よび
方を 変える わけです。めんどうですが 話
して いる 人の 個性が あらわれて 楽
しいと 思います。

この 人は 日本語の 相手を よぶ こ
とばに ついて どう 思って いますか。

1．たいへんだし、むだが 多い。

2．たいへんだが、おもしろい。

3．なかなか 使いこなせない。

4．なかなか 適当な ことばが みつから
　ない。

正しい 答えは 2です。解答欄の 問題
IIIの 例の ところを 見て ください。正
しい 答えは 2ですから、答えは このよ
うに 書きます。では、はじめます。

1番：男の 人と 女の 人が、テーブルを
　　どこに 置くか 相談して います。テ
　　ーブルは いくつ 必要ですか。

女：花を かざるのに、窓ぎわに 一つ 置
　　きたいわね。

男：うん、それから ドアの 横にも いる
　　ね。電話を 置かなきゃ ならないから
　　ね。

女：ソファーの 横にも ほしいわ。電気ス
　　タンドや 雑誌を 置くのに。それから
　　台所の 近くに もう 一つ。料理を
　　運ぶ とき、便利だから。

　　テーブルは いくつ 必要ですか。

1．二つ

2．三つ

2番：男の 人が もって いる 本を 女
　　の 人が 読みたいと 思って います。
　　女の 人は どう しますか。

女：この 本、いくら ぐらい するんです
　　か。

男：たしか 1200円だったと 思うよ。

女：1200円ですかあ。けっこう するんです
　　ね。

男：よかったら、かして あげるよ。ぼく も
　　う 読んじゃったし。

女：えっ、でも…。

男：いいよ。ほら、えんりょしないで。

女：すみません。

　　女の 人は どう する ことに なりま
したか。

1．本は 自分で 買います。

2．男の 人の 本を かります。

3．男の 人の 本を もらいます。

4．図書館の 本を かります。

3番：図書館で はたらいて いる 女の 人
　　が 自分の ことを 話して います。
　　この 人は 小さい とき どんな 子
　　どもでしたか。

いろいろな 人に、小さい ころから 本
を 読むのが すきだったんでしょう、と 聞
かれるんですが、そうでは なかったんです。
むしろ、小さい ときから 話を 作って 書
く ことを やって いました。もちろん 文
章なんか へたくそですけれども、今 読む
と おもしろいですよ。

　　この 人は 小さい とき どんな 子ど
もでしたか。

1．本を 読むのが すきな 子どもだった。

2．文を 書くのが じょうずな 子どもだ
　　った。

3．話を 作るのが すきな 子どもだった。

4．外で あそぶのが すきな 子どもだっ
　　た。

聴解 3 級模擬試験

日本語能力試験 聴解 3級 模擬テスト

これから 3級レベルの 聴解模擬試験を
はじめます。問題用紙を 開けて ください。

問題Ⅰ

絵を 見て 正しい 答えを 一つ えら
んで ください。では、一度 練習を しま
しょう。

例

スーパーで 安売りを して います。な
にを 売って いますか。

男：えー、いらっしゃい、らっしゃい。安い
　　よ、きょうは みかんの 大安売りだ
　　よぉ。みかんが 1キロで たったの
　　400円。おいしい みかんだよ、はい、買
　　って。そこの おくさん、買って 買っ
　　て。みかん 買って。はい、たったの
　　400円。まいどっ。

なにを 売って いますか。

正しい 答えは 3です。では、解答用紙
の 問題Ⅰの 例の ところを 見て くだ
さい。正しい 答えは 3ですから、答えは
この ように 書きます。

では、はじめます。

1番

あたらしい 41円切手は どれですか。

お知らせです。あたらしい 41円切手が は
つばいされました。青い 空を 白い とり
が とんで いる デザインです。

この とりは みずどりの カモメです。
さわやかな デザインですね。

あたらしく はつばいされた 41円切手は
どれですか。

2番

男の 人が 女の 人に 道を きいて
います。男の 人は どこで 花を 買いま
すか。

男：すみません。この へんに 花屋さん あ
　　りませんか。

女：花屋さん。さあ……あったかしら。いつ
　　も スーパーで 買っちゃうから。

男：あ、スーパーでも いいです。

女：そう。じゃ、ここ まっすぐ 行って、
　　ふたつめの かどを 左に まがって、
　　ちょっと 行った ところ。

男：左ですね。どうも。

男の 人は どこで 花を 買いますか。

3番

女の 人が 病院に 来ました。どこが
いたいのですか。

男：はい、次の 方。……どうしました。

女：あの、ひざの うらの ほうが いたく
　　て、かいだんを おりるのが つらいん
　　です。

男：ひざの うら。ちょっと みせて。……
　　この へんですか。

女：あ、はい。先週 スキーに 行って、帰
　　って 来てからなんです。

男：ころびましたか。

女：はい、何回も。

女の 人は どこが いたいのですか。

4番

だいこんを 料理します。どの ぶぶんを
使いますか。

男：だいこんは 葉も かわも しっぽの
　　さきも ぜんぶ たべられる やさいで
　　す。

　　きょうは、だいこんの 葉っぱを つ
　　かった 料理を ごしょうかいしましょ
　　う。

　　だいこんの 葉の ぶぶんは、じつは
　　とても えいようが あるんです。ビタ
　　ミンCは もちろん、カロチンや カルシ
　　ウムも ふくまれて います。 いつも
　　だいこんの 葉を すてて いませんか。
　　みそしるに 入れたり、つけものに し
　　たりと いろいろ 使いみちは あります
　　が、あぶらあげと いためますと と

ても よく あうんですね。では、ざい
りょうですが……

この 料理は だいこんの どの ぶぶん
を 使いますか。

5番
目の けんさを しています。女の 人が
見て いるのは どれですか。

男：はい。じゃ、これ。
女：え…と、右 ななめ 下。あっ、すみま
　　せん。まちがえました。右じゃ なくて
　　左です。左の ななめ 下が あいて い
　　ます。
男：どっちですか。
女：左です。
男：はい、じゃ 次。
　　女の 人が 見て いるのは どれですか。

6番
いろいろな のりものに のって りょこ
うします。どの じゅんばんで のりますか。

男：まず、しんかんせんで 岡山まで いく。
女：しんかんせんなんて ひさしぶりだわ。
男：それから、バスで みなとまで いって
　　……。この バスは 30分ぐらい。
女：ええ。
男：で、ここから ふねに のる。しままで
　　3じかんだ。
女：3じかん。ずいぶん かかるのね。ひこ
　　うきは ないの。
男：ある わけ ないだろ。ふねが いやな
　　の。
女：聞いて みただけ。ゆうやけが 見られ
　　ると いいわね。
　　どの じゅんばんで のりますか。

7番
女の 人が 男の 人に 買い物を たの
んで います。どの ワインを 買えば い
いですか。

女：あ、それから ワインも。こういう な
　　まえの……ドイツの ワイン。
男：えっ、これ なんて 読むの。

女：さあ。でも、すぐ わかるわ。黒い 犬
　　が かいて ある ラベルなの。
男：黒い 犬ねえ。
女：ええ。わからなかったら、お店の 人に
　　きいて。
　　男の 人は どの ワインを 買えば い
いですか。

8番
とりを 見て います。イヌワシと いう
とりが 見えます。どこに いますか。

男：あ、あれ イヌワシでしょう。2羽 い
　　ますね。
女：え、どこですか。
男：ええと、そこの 山の 上に こやが
　　あるでしょう。
女：こや……。あ、あの 小さい うちです
　　ね。あります。
男：その こやの 右の ほうに 木が い
　　っぽん ありますね。いっぽんだけ 高
　　い 木。
女：ええ、あります。……あっ、いた、いた。
　　木の 上を とんで います。
　　イヌワシは どこに いますか。

9番
女の 人が うでどけいを 落としました。
どんな とけいですか。

女：すみません。とけいの 落とし物、とど
　　いて いませんか。
男：とけい。うでどけいですか。
女：はい、小さくて、まるい。バンドが 黒
　　の かわの……タイムって いう かい
　　しゃの とけいです。
男：女物ですね。
女：はい。
男：じゃ、これでしょう。さっき とどいた
　　んです。
女：あっ、そうです。よかったあ。
　　女の 人の うでどけいは どれですか。

10番
テレビたいそうの じかんです。先生の 言

う とおりに して いるのは どの 人で
すか。

女：はい。では、いすに すわって くださ
い。こんどは おなかの きんにくを
きたえる たいそうです。手を 頭の 上
で くんで ください。それから、足を
ゆっくり 上げて いきます。ひざを の
ばして。Vの 字に なるまで。はい、そ
こで とめる。しっかり とめて……。
はい、10びょう かぞえますよ。1、2、
3……

先生の 言う とおりに して いるのは
どの 人ですか。

11番

　しょうゆの びんは どれですか。

女：あらっ、おしょうゆ もう ほとんど な
いわ。

男：ほんとだ。ソースも はんぶんしか な
いね。

女：おしょうゆとか ソースとか もっと 大
きい びんで 買わないと だめね。

男：そうだね。とくに しょうゆは よく 使
うからね。

　しょうゆの びんは どれですか。

12番

　おりがみは どの かたちに なりました
か。

男：おりがみを おります。おりがみは は
じめ 四角です。はんぶんに おって 三
角に します。この 三角を もう い
ちど はんぶんに おって、三角に し
ます。はじめの 四角の よんぶんの い
ちの おおきさに なりました。どの か
たちに なりましたか。

　おりがみは どの かたちに なりました
か。

問題II

　問題IIと 問題IIIは 絵は ありません。
聞いて ください。正しい 答えを 一つ え
らんで ください。では、一度 練習を し

ましょう。

例

　男の 人が デパートの あんないじょで
かさの うりばを きいて います。かさの
うりばは 何階に ありますか。

男：すみません。

女：はい。

男：あの、かさは 何階ですか。

女：はい、1階に ございます。こちらの つ
きあたりに なります。

男：そうですか。どうも。

　かさの うりばは 何階に ありますか。

1．1階
2．2階
3．3階
4．4階

　正しい 答えは 1です。では 解答用紙
の 問題IIの 例の ところを 見て くだ
さい。正しい 答えは 1ですから、答えは
このように 書きます。

　では、はじめます。

1番

　男の 人が 電話で ひこうきを よやくし
て います。よやくばんごうは 何番ですか。

女：はい、トラベル社です。

男：あのう、ひこうきの よやく、したい
んですが。

女：はい、どうぞ。

男：10月8日の、東京－大阪で、できれば
朝の 9時発が いいんですけれど。かた
みちで。

女：はい、10月8日の 水曜日、東京発 大
阪行き、あさ 9時発の 151便ですね。
しょうしょう おまちください。

男：はい。

女：おまたせしました。おとりできました。
では、おなまえと おとし、お電話ばん
ごうを どうぞ。

男：やまだ しんじ。28さい。電話は、3325
の 6429です。

女：はい。こちら ごよやくばんごうが、…
Aの 168に なります。

男：Aの　168ですね。

　　よやくばんごうは　何番ですか。

1．3325の　6429

2．Aの　151

3．Aの　28

4．Aの　168

2番

　女の　人が　クリーニング屋さんに　来ました。しみは　どこに　ありますか。

女：すみません。これ、しみぬき　おねがい
　　できますか。

男：はい、どこですか。しるしして　おきま
　　すから。

女：むねの　まんなか　へんです。

男：あ、これ。あまり　よごれて　いません
　　けど、むねの　まんなかって　いうのは
　　めだちますからね。2〜3日　かかりま
　　すが、いいですか。

女：はい、おねがいします。

　　しみは　どこに　ありますか。

1．えり

2．そで

3．むね

4．せなか

3番

　**リーさんと　大家さんが　話して　います。
リーさんは　大家さんに　何を　もらいました
か。**

男：リーさん、ちょっと。

女：はい。

男：これ、いなかから　おくって　きたんで
　　すがねえ。

女：あ、大きな　みかんですね。

男：ま、みかんは　みかんだけど、これは
　　ザボンと　いうんですよ。ひとつ、いか
　　がですか。

女：ザボンですかあ。どうも　いつも　あり
　　がとう　ございます。

　　**リーさんは　大家さんに　何を　もらいま
したか。**

　1．ザボン

2．ざぶとん

3．ぞうきん

4．小さな　みかん

4番

　**男の　人が　女の　人と　電話で　話して
います。なんじに　駅で　会いますか。**

女：はい、田中です。

男：あ、ぼく。あしたの　えいがの　時間だ
　　けど、11時、1時半、4時、6時半、9
　　時だった。

女：そう。じゃ、1時半からのに　しない。

男：いいよ。そうすると、渋谷の　駅に　1
　　時。いや、こむかも　しれないから、10
　　分まえで　どう。

女：そうね。

男：じゃ、いつもの　ところで。

　　**男の　人は　女の　人と　何時に　駅で
会いますか。**

1．12時50分

2．1時

3．1時10分

4．1時半

5番

　ことしは、どんな　夏に　なりますか。

女：　さて、お天気の　わだいです。秋まで
　　の　長期よほうが　はっぴょうされまし
　　た。

　　　ことしの　つゆは、すこし　はやく　な
　　るそうです。あめは　すくなく、みじか
　　い　つゆに　なると　いう　ことです。
　　きょねんは、あまり　暑く　ならない　夏
　　でしたが、ことしの　夏は　よく　はれ
　　て、ぜんこくてきに　暑い　夏に　なる
　　そうです。ひさびさに　夏らしい　夏に
　　なりそうですね。

　　　秋は、おだやかで　さわやかな　天気
　　が　つづき、たいふうも　すくないそう
　　です。

　　ことしは、どんな　夏に　なりますか。

1．おだやかで　さわやかな　夏です。

2．雨が　おおく、みじかい　夏です。

3. すずしい 夏です。

4. 天気が よく、暑い 夏です。

6番

　男の 人の じこしょうかいを 聞いて く
ださい。この 人の しゅみは 何ですか。

男：えー、たなか としお 24さい。仕事
　　は、ぎんこういんです。ぎんこうに つ
　　とめて 2年目です。えいぎょうを や
　　っています。一日じゅう そとを あるい
　　て いる 仕事です。ですから、かおの
　　色が 黒くて、ゴルフが じょうずだと
　　思われて います。じつは、ぜんぜん や
　　った こと、ないんです。しゅみですか。
　　しゅみは、しゅみと いえるかな。じ
　　こくひょうや ガイドブックを 見て、り
　　ょこうの けいかくを たてるのが す
　　きなんです。じっさいに 行かなくても
　　いいんです。よく 人に たのまれるん
　　ですけど、みんな よろこんで くれま
　　すよ。むりや むだが なくて、いい
　　りょこうが できたって。

　この 男の 人の しゅみは 何ですか。

1. じこくひょうを 見る ことです。

2. ゴルフを する ことです。

3. りょこうを する ことです。

4. りょこうの けいかくを たてる こと
　　です。

7番

　男の 人が 女の 人に 電話して いま
す。かいぎの しりょうは どこに とどけ
ますか。

女：はい、総務課です。

男：あ、山田さん。かいぎの しりょう、わ
　　すれちゃってね。わるいんだけど、もっ
　　て きて くれない。

女：はい、どこに あるんですか。

男：ぼくの つくえの 上に ないかな。青
　　い ひょうしなんだけど。

女：あ、はい、あります。

男：じゃ、第2かいぎしつ。たのむよ、あり
　　がとっ。

女：第2ですね。

　**かいぎの しりょうは どこに とどけま
すか。**

1. 第2かいぎしつ

2. 第3かいぎしつ

3. 第2おうせつしつ

4. 2階のかいぎしつ

問題III

　聞いて ください。正しい 答えを 一つ
えらんで ください。では、一度 練習を
しましょう。

例

　男の 人が 話して います。この 人は
毎朝 どんな うんどうを して いますか。

男：そうですねえ。もう としですから、テ
　　ニスも もう だめですねえ。わかい こ
　　ろは よく やりましたけど。もう は
　　しれないですよ。でも、からだの ため
　　に 何か つづけて やれる ことを や
　　ろうって 思って、毎朝 あるいて い
　　ます。朝 おきるのは だいたい 6時
　　ごろです。目が さめちゃうんですね。
　　しぜんに。で、30分ぐらい うちの き
　　んじょを ぶらぶらと。よほど 天気が
　　悪くない かぎり、ええ、ひとりで。た
　　まに、家内が いっしょに あるく こ
　　とも ありますが。

　**この 人は 毎朝 どんな うんどうを
して いますか。**

1. きんじょを はしります。

2. おくさんと テニスを します。

3. きんじょを ひとりで あるきます。

4. おくさんと きんじょを さんぽしま
　　す。

　正しい 答えは 3です。では、解答用紙
の 問題IIIの 例の ところを 見て くだ
さい。正しい 答えは 3ですから、答えは
このように 書きます。

　では、はじめます。

1番

　ヤンさんは どうして げんきが ないの

30

ですか。

男：ヤンさん、なんだか　げんきが　ないね。
　　ぐあいでも　わるいんですか。

女：いえ、そういう　わけじゃ……。

男：何か　あったの。

女：あの、ねこなんです。うちの　ねこ、も
　　う　一週間も　かえって　こないんです
　　よ。

男：一週間。それは　ちょっと　しんぱいだ
　　ね。

女：ええ、車に　ひかれたんじゃ　ないか、
　　びょうきで　うごけなく　なってるんじ
　　ゃ　ないか、もう　しんぱいで、しんぱ
　　いで……

　　ヤンさんは　どうして　げんきが　ないの
ですか。

1．ぐあいが　悪いからです。

2．ねこが　かえって　こなくて、しんぱい
　　だからです。

3．ねこが　車に　ひかれて　死んだからで
　　す。

4．ねこが　びょうきで、しんぱいだからで
　　す。

2番

　　10人で　きっさてんに　はいりました。一
人が　ちゅうもんを　まとめて　います。コ
ーヒーを　たのんだ　人は　何人　いますか。

女A：はい、じゃ　コーヒーの　人。1、2、
　　　3、4、5人ね。こうちゃの　人。こ
　　　うちゃが、わたしを　いれて　3人。
　　　ほかの　人は。

男A：あ、ぼく　オレンジジュース。

女B：わたしも。

女A：オレンジジュースが　2人。

男B：ごめーん。ぼく　コーヒー　やめて、
　　　オレンジジュースに　する。

女A：はい。じゃ、オレンジジュースも　3人、
　　　と。

　　コーヒーを　たのんだ　人は　何人ですか。

1．2人

2．3人

3．4人

4．5人

3番

　　男の　人と　女の　人が　話しています。
二人は　こうえんかいに　行きましたか。

男：こうえんかい、どうだったって？

女：すごく　よかったそうよ。

男：そう。行きたかったなあ。

女：ざんねんだったわねえ。

男：うん。なんで　こんなに　しごとが　あ
　　るんだろう。

女：そうね。いそがしすぎるわよね。

　　二人は　こうえんかいに　行きましたか。

1．男の　人は　こうえんかいに　行きまし
　　た。

2．女の　人は　こうえんかいに　行きまし
　　た。

3．男の　人も　女の　人も　こうえんかい
　　に　行きました。

4．男の　人も　女の　人も　こうえんかい
　　に　行きませんでした。

4番

　　男の　人と　女の　人が　こんどの　やす
みに　ついて　話しています。男の　人は　ど
うする　つもりですか。

男：こんどの　やすみは　どうするんですか。

女：友だちと　京都へ　行こうと　思って
　　……。

男：いいですね。わたしも　一度　行って　み
　　たいと　思って　いるんですよ。

女：山田さんは、どう　するんですか。

男：わたしですか。れんきゅうと　いっても、
　　子どもは　土曜日、学校が　ありますか
　　らね。せいぜい　ゆうえんちへ　つれて
　　行く　ぐらい　ですねえ。

　　男の　人は　どうする　つもりですか。

1．友だちと　京都へ　行く　つもりです。

2．かぞくと　りょこうする　つもりです。

3．子どもを　ゆうえんちへ　つれて　行く
　　つもりです。

4．どこへも　行かないで　うちに　いる　つ
　　もりです。

31

5番

男の 人が となりの 女の 人と 道で 会いました。女の 人は これから どう しますか。

男：や、こんばんは。あたたかく なりましたねえ。

女：おかえりなさい。ほんとに あたたかく なりましたねえ。

男：これから おでかけですか。

女：ええ。きょうはね、としょかんで えいがが あるんですよ。

男：えいが。

女：ええ、ただなんですよ。「7人の さむらい」。

男：へえ。ずいぶん ふるい えいがを やるんですね。

女：もう 何回も 見たけど、何回 見ても おもしろいでしょ。

男：ええ、あれは いいですよねえ。

女の 人は これから どう しますか。

1．としょかんへ 行って 本を かります。

2．としょかんへ 行って 本を かえします。

3．としょかんへ 行って えいがを 見ます。

4．うちへ かえります。

6番

川村さんと いう 人を おこらせて しまいました。だれが 川村さんに あやまりますか。

男：川村さん、かなり おこってたぞ。

女：そんなあ。あんな ことでは おこらないと 思うけどなあ。

男：君から あやまった ほうが いいよ。早く あやまっちゃいなよ。

女：どうして。

男：だって、やっぱり 君が 悪いよ。

女：そうかなあ。いやよ。あんな ことで おこるなんて、おこる ほうが へんよ。

男：だけど、このまま ほうって おく わけに いかないだろう。

女：いいわよ。どう なったって。気に なるんなら、あなたが あやまれば。

男：なんで。ぼくは かんけいないよ。

だれが 川村さんに あやまりますか。

1．男の 人が あやまります。

2．女の 人が あやまります。

3．男の 人と 女の 人が 二人で いっしょに あやまります。

4．男の 人も 女の 人も どちらも あやまりません。

著者

松本　隆（まつもと　たかし）アメリカ・カナダ大学連合日本研究センター講師
市川　綾子（いちかわ　あやこ）横浜ＹＭＣＡ学院講師
衣川　隆生（きぬがわ　たかお）財団法人英語教育協議会（ＥＬＥＣ）講師
石崎　晶子（いしざき　あきこ）財団法人英語教育協議会（ＥＬＥＣ）講師
瀬戸口　彩（せとぐち　あや）元州立チャタヌガ工科大学講師

日本語能力試驗
3・4級受驗問題集

CD書不分售
本書附CD 2片定價 420元

1993 年(民 82 年)6 月初版一刷
2001 年(民 90 年)4 月初版三刷
本出版社經行政院新聞局核准登記
登記證字號：局版臺業字 1292 號

作　　　著：松本 隆・市川 綾子・衣川 隆生・
　　　　　　石崎 晶子・瀨戶口 彩
發 行 人：黃成業
發 行 所：鴻儒堂出版社
地　　　址：台北市中正區開封街一段 19 號 2 樓
電　　　話：23113810・23113823
電話傳真機：23612334
郵 政 劃 撥：01553001
E — mail：hjt903@ms25.hinet.net

凡有缺頁、倒裝者，請向本社調換
本書經日本アルク授權出版